春雨之夜

燈影被窗隙的微風拂著，只在白紗幃上一來一往地顫動

王統照 著

「日影漸漸落下去了，風聲漸漸息了，一對嬌鳴的雲雀也拍著翅兒，回他們的窠巢去了，但他這個傷心夢影，卻永沒有醒回的一日！」

悲苦的生命，交織了對愛與美的思想與追尋
理想美之境地，隨著文字感受悠遠淒美的藝術空間

目錄

弁言

弁言

這二十篇小說，是我在此三年中所作的，尚有被淘汰去的幾篇。近來的短篇小說集出版的仍然不多，其實像我這些在忙中偷閒，憑一時的直覺而沒曾精思潤色寫下來的作品，當然是沒有什麼價值的；不過借此機會，作一種「拋磚引玉」的工具，算不得有短篇小說的資格，只希望在將來的文學的園地裡，有更豐富成熟的收穫！

我編成此冊時，確費過工夫不少，因為散見在雜誌日報上的，時候過了，往往不易蒐集，我很感謝我的三妹妹佩宜為我的助力！

一九二三年七月十八日

雪後

雪後

北京附近有個村莊，離鐵道不遠。十二月某日下了一天的雪，到下午才止住。第二天天色雖還沒明，全鎮的房舍、樹木，在白色積雪中映著，破曉的時候特別清顯。

晨雞喔喔地啼了幾聲，接連著引起了鎮裡的犬吠。正在這時，村莊的前面，忽然起了一個沉重響亮的聲音，接著就是槍聲、馬蹄踐在雪上的聲、呼喊的聲，還夾雜著一些細小聲響。這等聲響約停了二十分鐘，又復大作起來。立時引起了村中最東一家人家的一個小孩子在破絮被裡顫慄的感覺。

破茅屋中，被雪光映著，靠北牆一張床上躺著一個三十多歲的女人，身旁有個五六歲的男孩子。他們蓋著薄薄絮被，冷風從沉黑的窗中穿進，使他們幾乎不敢露出頭來。

重大可驚的聲響，從冷厲空氣裡傳到他們的耳膜來。那個婦人也早已醒了，然而她的心，正懸在遼遠的地方，和不可思議的事上去，沒說話。小孩子正盼著天明，好繼續遊戲。他也不怕冷，時時爬起來，瞧瞧窗戶，只見很白亮的，卻也不知天明沒有。看看母親，正睡的熟，不過看她的頭髮，時時有些鬆動，又聽著從她喉裡，發出一種輕細像是哭的微聲來；和平日抱著他，在她膝上，看一封信時發出來的聲息一樣。他是個聰明膽大的孩子，在這深夜破曉時，他這種聯想在他幼稚的心中，同電光閃動的一般快。即時，他又起來望望窗上的白色。他忽有不敢確定的思想，「這白色的雪嗎？雪是白的，怎麼又化成汙泥在河溝裡流著？」他這種推理是片段的，然而他幼稚的心中有這一念，卻陡然覺得皮膚上也有些冷意。這時村前的響聲正砰砰拍拍大作起來，他不知怎的一回事，但是覺得耳朵裡幾乎裝不下了。他雖沒聽過這種聲響，又不知是什麼聲響，因為他自下生以後，所聽見的雞鳴聲、簸谷聲、春鳥的歌聲、田圃裡的桔槔放水聲，母親拍著他睡唱兒歌的聲，這些聲都是他很注意的，再大一點而可怕的聲響，就是村中的群狗互相打架的聲了。至於這雪後的早上忽有這種狂轟的大聲響，他一向沒曾聽過。——因為他小的時候，村中也有這種聲響，不過他不記得。——他小而凍破的手也有些顫動，似乎覺得窗隔一動一動地也將倒下來了，他於是帶著被子，滾到母親懷裡道：

「什麼？……什麼？我的耳朵！……」

他母親用枯瘦的手腕將他摟住道：「不要怕，……這是軍隊打野操的聲響。……」

「什麼軍隊？……」他很疑惑地這樣問。

「軍隊是肩著槍刀打仗的。……」

「就和李文子拿的那個用紙糊的槍一樣嗎？……他說是他父親給他買的。……」

她卻沒即時回答他，這時窗外的炮聲又作，她便含糊著道：

「不！……不！……」

他便不再問了，害怕的心也減去了一些，但是在他母親懷裡很注意地聽那忽輕忽驟斷續的聲響。她一手摟著這個可憐的孩子，一手把披下來的亂髮慢慢攏上額角。室中已甚明亮，然而卻覺得越發沉靜，風聲吹著落在地上的雪花，沙沙地打在紙窗上響。半晌，那孩子忽然問道：

「母親，……我父親，……你說也有槍，他現在哪裡？也在黑夜裡作這種事嗎？……」

她聽他這句幼小而痴想的話，卻沒的什麼說，只是從眼角裡流下了一顆淚珠，滴在孩子的短髮上。

天明了，村前的聲響也停止了。冬晨的空氣非常清冷，似乎也從長眠中醒悟過來一般，而村中的人都拿這早上的事作談料。

村前，雪後的一片田野裡，白茫茫的雪光，有許多凌亂雜沓、泥土交融的痕跡。田野旁一條小河，也全結了冰。慘淡的日光映在冰上，也不見得有些融化。北風奇冷，吹著樹枝上的雪墮落在河冰上，發出輕清的聲響。一望無際的雪，地上不見有一個行人。

獨有在被中驚怕的孩子，這時他卻不怕冷，遠遠地領了四五個小夥伴，冒著咽人的寒風，從鎮中跑出。他在這四五個同伴裡是較小一些，然而還有比他小的一個女孩子，戴著一頂綠絨花結帽，也在後邊跟著他跑。他像首領似的，要表示他的功績，臉上雖是凍得發了紫，他卻是一邊跑著，一邊鼓起勇氣，和他那些小同伴斷斷續續地說道：「寶雲……和妞姐兒，……你們看看我昨兒用雪蓋的小樓啊！」……我和吳妹妹蓋的。……就在河邊上，……就在河邊上，管許你們一瞧就樂了。……走！走！……看小樓去。……」他不等說完就跑到河邊，那些小孩子也咭咭呱呱地隨在他身後亂說。

河岸很平正，昨夜的風雖冷冽，可也不大。他與他的吳妹妹，費了一下晚工夫，蓋成的一座小樓，兩邊用雪塊堆好，明明在河岸上。他們因那遊戲的工作，連小手都凍破了。他自己昨晚回家，同母親說了半天，恨不能即刻天亮，好去領那些小夥伴，誇示他們特殊的本事。所以早上在母親懷中，雖聽了奇怪的聲響，和看見母親的淚痕，但他不知是什麼事，也早忘了。這回只是急急去找他那在雪後的小建築物。

可是，河水仍然全凍著，樹枝墮雪仍然時時掉在冰上，一望無際的田野裡，仍然是白光幻耀，但他沿著河岸，跑來跑去，就是沒有了他與他的吳妹妹昨晚很辛苦用雪堆成的小樓。河岸上只有縱橫的馬蹄和無數皮靴的痕跡，就是昨天晚上很平的雪地上，也忽地掃去一道，堆起一片，完全不是昨天那個樣子。

他急得亂說也說不清楚，別的孩子，也看得呆了！那個戴綠絨花結帽的小姑娘，卻眼包著幼稚而可憐的淚痕道：「瞧咧！……沒有了！誰給我們毀壞了！……你們瞧我的手咧。……」她伸出小手來給這些孩子看，白而嫩的皮膚上已紅了幾塊，且腫得裂破了。

他這次失敗，便給他嬌嫩的童心裡添了層重大的打擊，彷彿比著成年人的失戀還厲害。他說不出地難過！別的孩子雖也不說什麼，只是愣愣地向他看。他覺得他們眼光中所含的意思，是疑他誑騙他們，不禁叫道：「變了，……變了，……什麼都變了！地也高了，……低了……這是些什麼怪物的腳跡，可將白雪弄髒了？……變了！……我那用雪蓋的小樓也被怪物吃去了！……」有個很瘦弱的男孩子道：「變，……變！你們沒聽見今兒早上那些聲響？……我嚇死了！……怪物的聲。……把你的東西吃去了！你看這雪地上不是變了嗎？」這個孩子彷彿覺得自己所見高出於他們以上，然而說到這裡也有些氣促色變。他和同來的小夥伴都有些驚惶害怕的樣子。看看河水、地上的痕跡，都不說一句話，靜悄悄地從雪道上次村裡去。而那位小姑娘，一會看看自己的小手，口裡還咕噥著道：「我的呢？……誰毀壞了？……」她跟在一群小孩子後面時時回頭，從包著淚的眼光中望望河岸的殘雪。她頭上的花結，也被風吹著飄飄地微動。

一九二〇年十一月

沉思

韓叔雲坐在他的畫室裡，正向西面寬大的玻璃窗子深沉地凝望。他有三十二三歲的年紀，是個壯年的畫家。他住在這間屋子裡，在最近三四年所出的作品有幾種很博得社會上良好的批評，但他總不以自己的藝術品能滿足他的天才的發揮；所以在最近期中，想畫一幅極有藝術價值而可表現人生真美的繪畫，送到繪畫展覽會想博得一個最大的榮譽。他想：她已經應允來作我這繪畫的模型——裸體的模型——這是再好不過的事。在現代的女子中，她雖是女優，卻有這種精神，情願將她的肌體一一呈露到我的筆尖上，以我的畫才表現出來。這才是真正的曲線美哩。哦！這是我一生最得意的藝術表現！她美麗而溫和，即使能把她那一對大而黑的眼睛畫出，也足使我們繪畫界的作家都擱筆了。

他作這種想法非常愉快，是真潔的愉快，是藝術家藝術衝動的愉快。

這時正當春暮，他穿了一身灰色的呢洋服，加一朵紫色綾花的領結，襯著雪白領子。他滿臉上現出了無限欣喜的情緒。窗外的日影已經慢慢地移過了對面一所花園中的樓頂，金色兼著虹彩的落日餘光，反射著天上一群白肚青翼的鴿子，一閃一閃的光線耀人眼光。這群鴿子飛翔空中，鳴叫的聲音也同發揮自然的美惠一樣。

畫室裡充滿了和靜，深沉而安定的空氣。韓叔雲據在一張新式的斜面畫案上，很精細地一筆一筆在描他對面的那個裸體美人的輪廓。他把前天那種喜樂都收藏在心裡，這時拿出他全付的藝術天才，對於這個活動的裸體模型作周到細密的觀察。瓊逸女士，斜坐在西窗下一個墊了繡袱的沙發上，右手托住沙發的靠背，撫著自己的額角。一頭柔潤細膩的頭髮自然蓬鬆著，不十分齊整。她那白潤中顯出微紅的皮膚色素，和那雙一見能感人極深的眼睛，與耳輪的外廓——半掩在髮中——都表現出難以形容的美麗。腰間斜拖著極明極薄的茜色輕紗，半堆在沙發上，半拖在地上的絨毯上面。在那如波紋的細紗中，浮顯出琢玉似的身體與紗的顏色相映。下面赤著雙足，卻非常平整、潔淨，與雲母石刻成的一樣。她的態度自然安閒，更顯出她不深思而深思的表情來。玻璃窗子雖被羅紋的白幕遮住，而淨淡的日光線射到她的肉體上，越發有一種令人生出十分肅靜的光景。

這時兩個人都沒一點聲音，滿室裡充滿了藝術的意味，與自然幽靜的香味——是幾上一瓶芍藥花香和她的肉體上發散的香味。這位畫家的靈魂沉浸在這香味裡了。

兩點半鐘已過，忽有一種聲浪從窗外傳來。韓叔雲向來不許有別人的聲音打擾他的作畫，現在正畫的出神，正在畫意上用功夫，竭力想發揮他的藝術天才，對著這個人身美心中卻也怦怦地亂躍。他一筆一筆地畫下去，他的思想，也一起一落，不知如何，總是不能安靜。不意這叩門的聲浪忽來驚破他的思潮。且是一連幾次的門鈴，扯得非常的響。他怒極了！再也不能畫了，丟下筆，跑出畫室。走到門口的時候，無意中回頭來看看瓊逸，她仍是手撫著額角，一毫不動，而潔白手腕上的皮膚裡的青脈管，顯得非常清楚。

大門開了，他一看來的人像是個新聞記者，又像是個教書的青年，戴一頂講究的薄絨帽，這卻拿在手裡搧風。天氣並不很暖，他頭上偏有幾個汗珠。他的臉色在蒼白色中現出原是活潑秀美的神情。這時見門開了，不等韓叔雲說一句話，便踏進門來道：

「密斯脫韓，……是你嗎？」

「是呀，我是，……但……」

韓叔雲也摸不清頭腦，本來一團怒氣，更加上些疑惑，匆忙裡道：

「好……畫室在哪裡？……哼，……大畫師！……」話還沒說完，便要往裡跑；叔雲截上一步道：「少年，……你是誰？為什麼這樣？……」

「我呀，……是《日日新聞》的記者，……瓊逸女士，在這裡嗎？……」

他說時用精銳的眼光注射著叔雲。叔雲明白了他是什麼人，更不由非常生氣，把住少年的臂膀，想拉著他出去。正在這時，瓊逸女士披著茜紗的長帔，把畫室的西窗開放，叫出驚促的聲音道：

「我以為是誰，還是你……你呀！請密斯脫韓讓他到屋裡坐吧。」

叔雲抱了一腔子怒氣，方要向著這個少年發泄，不料瓊逸卻從窗裡說出這個話，竟要將他讓到自己的畫室裡去。他簡直手指都發抖了。那個少年更不管他，便闖進了畫室。叔雲也臉紅氣促，跟了進來。

瓊逸滿臉欣喜，披著茜紗長帔，兩隻潤麗的眼睛，含了無限的樂意。待到青年進來後，使用雙手握住了他的兩臂。但青年看看屋裡的畫具，和她這種披著輕紗的裸體，覺得他所聽的話，是沒什麼疑惑了！他臉上也發了一陣微紅，即刻變成鬱怒的樣子，一句話也不說，只是反抓住她的手向叔雲看。叔雲此時，心裡的藝術性已經消失無餘了，從心靈中冒出熱情的火焰來，面上火也似的熱，覺得有些把持不定，恨不得將青年即時打死。自己也知道這話不能說出，便用力地坐在一把軟椅上，用力過猛，幾將彈簧坐陷。瓊逸握住青年的手，覺得其冷如冰，也很奇怪。

青年對她除了極冷冷的不自然的微笑外，更不說別的話。把乍叩門時那種怒氣又消失了，變成一種憂鬱懊喪的面色。她後來幾乎落下淚來。不多時穿好衣服，也不顧和叔雲辭別，並著青年的肩膀走了出去。

叔雲不能說一句話，眼睜睜望著她的影子，隨了青年走去！白色絲裙的擺紋搖動，也似乎嘲笑他的失意一般。看她對待青年那種親密態度，恨不能立刻便同他決鬥。不知怎的，他原來的藝術性完全消失了！他忘了她來作裸體模型的鐘點是過了，他似是仍然看見她的充實、美滿、如雲石琢成的身子還斜欹在那個沙發上。他恨極了，身上都覺得顫動，勉強立起身來，走到沙發邊，卻有一種芬香甜靜的氣味，觸到了他的嗅覺。

她同青年出了韓畫師的大門，她滿心裡不知怎樣難過，不是靠近青年便站不住了。但青年卻板起冷酷蒼白的面目對她，有時向她臉上用力看一看。兩個人都不言語。

轉過了兩條街角，忽聽得吱吱的聲響，一輛華麗摩托車從對面疾馳過來。車上就只有一個司機，卻是穿著禮服，帶著徽章，高高的禮帽壓住濃厚的眉心，蘊了滿臉的怒氣。是個五十多歲的官吏。看他那個樣子，似乎方從哪裡宴會來的。但是當他的摩托車走的時候，瓊逸的眼光非常尖利，從沙土飛揚中看見車上這個人，不禁吃了一驚！而且這輛車去的路線，正是他們從韓叔雲家來的路線。這時被種種感覺滲到心頭上，自己疑惑起來，不知為什麼一天之中遇了這些奇怪的事情。

不多時，這輛車已經停在韓畫師的門首了。這個五十多歲的人，穿了時髦華貴的大禮服，挺起胸脯，手裡提著一根分量重的手杖，用力向著髹漆的極精緻的門上亂敲。——他忘了扯門鈴——相隔不到一點鐘的工夫，韓叔雲這個門首，受了這兩次敲聲。這種聲音，直把畫師的心潮激亂了，一層層的怒濤沖蕩，也把他的心打碎，變成狂人了！

五十多歲的官吏和韓叔雲對立在門首——因為他再不能讓人到他室中去——這位官吏拿出一副驕貴傲慢的眼光注定叔雲似怒似狂的面孔。他從狡猾的眼角裡露出十二分瞧不起這位畫師的態度。叔雲對這個來人更加憤怒。兩個人沒說了兩句話，就各人喊出難聽而暴厲的聲音。叔雲兩手用力叉著腰道：

「惡徒！……萬惡的官吏！你有權力嗎？……哼，……來站髒了我的門口！」

「呵呵！簡直是個流氓，是個高等騙人的流氓！你騙了社會上多少金錢、虛譽還不算，又要藉著畫什麼裸體不裸體的畫來騙那個女子！我和你說，……」

這時這個官吏眼睛已經斜楞了，說到末後一個字，現出極堅決的態度。

「……什麼？……」

「騙人的人！……往後不准你再引她入你的畫室，……哼！……你敢不照我的話辦理，……你聽見嗎？……她是我的！……」

狡猾的官吏話還沒完，陡覺得臉上一響，眼前便發了一陣黑。原來韓叔雲這時，他那一向溫和幽靜的藝術性質完全消失，直是成了狂人。聽了這個官吏的話再也忍不住，便抓住他的衣領，給他臉上打了沉重有力的一掌。

於是兩個人便在門首石階上抓扭起來，手杖丟了，折斷了，不知誰的金鈕釦用腳踏壞了，各人很整齊光潔的頭髮紛亂了，韓叔雲的紫綾花領結，也撕破了。他們——官吏和畫家的莊嚴安閒的態度，全沒有了。他們是被心中的迷妄的狂熱燃燒著全身了！

春末的晚風已無些冷意，只挾著了一些花香氣味，陣陣的吹到湖中的綠波上。天氣微陰，一片一片暗雲遮住蔚藍的天色，有時從雲影裡露出些霞光來。映在湖濱的柳葉子上，更發出一種鮮嫩的微光，反射到平鏡似的湖水上。風聲微動，柳葉也隨著沙沙作響。漸漸地四圍罩了些暖霧，似有無窮的細小白點，與網目版上印的細點一樣，將一片大地迷漫起來。這個城外的湖濱是風景最盛的地方，這時的一切風景籠在霧中，看不分明了。湖濱有個亭子，是預備遊人息足的所在。瓊逸一個人不知怎的卻獨自跑到這個亭子上來。

她怎麼不到韓叔雲畫室裡作裸體模型了？不到戲院裡去扮演了？在這春日的黃昏，一個人兒跑出城外，在暖霧幕住的亭子裡，獨自沉思！

她穿了雅淡的衣服，臉上露出非常憂鬱的面色。從前豐潤的面貌已變成慘白，連眼圈也有些青色。她把握著自己的手像沒點氣力，只覺著周圍的霧咧、水咧、風吹的柳葉聲咧，和晚上歸飛的烏鴉亂啼聲都向她盡力的逼來，使她的心弦越發沉鬱不揚！她在白霧的亭中，看著濛濛不清的湖光。她一面想：他和我幾年的相知，平常對我很懇摯，很親愛的，也沒什麼呀！我替人家作裸體畫的模型並不是可恥的事，助成名家的藝術品，也沒有別的關係啊。他知道的這樣快，找到那裡那樣冷淡，看我像作了什麼惡事，從此便和我同陌生的人一般，這是什麼意思啊？……韓叔雲卻也奇怪得很，我的朋友找我，沒有什麼希奇，怎麼便和人家搶去了他的畫稿一樣的憤怒？……我的靈魂卻在我自己的身子裡啊！……她想到這裡，看看四圍的霧氣越發重了，毫無聲息。她不覺又繼續想道：那討人嫌的狡猾官吏，聽說後來和韓叔雲還打了一場，被巡警勸開了。他來纏我，我只是不見他，他反在社會上給我散布些惡跡的謠言。現在我最愛的人不來了，不再愛我了！畫師成了狂人，不再作他的藝術生活了！……奇怪？……到底我有我的自由啊！……世上的人怎麼對於我這種人這麼逼迫呢？

她想到這裡，她的心像浸在冷水裡一樣抖顫。四圍靜寂，白霧漸漸消失了。從朦朧的雲影裡稍稍露出一絲的月光，射在幕著霧的湖水上。這陰黑的黃昏，卻和她心中的沉思一般，但在雲霧中還射出的一絲光明，在她心頭上，只是悶沉沉的一片！

她沉思了多少時候，忽聽得耳旁有一種嘔……嘔的聲音，方由夢中醒悟過來。一陣微風吹過，抬頭藉著月光看去，原來是只白鷗從身旁飛過，沒入淡霧的湖中去了。

一九二〇年十二月

鞭痕

鄉村中的九月，是個由熱鬧，漸漸到了荒涼的轉機。田隴旁時而堆下些零落的榆葉與柳葉，深黃色和老綠色的葉形，都沾上些乾泥，在地上被風吹得旋轉。人家的園圃裡，晚期的扁豆，尚在葦子紮成的架子上，長著彎曲的蔓。有幾個已經老了的豆莢，在米黃的團形葉子底下。楓樹漸漸著了紅的色彩，渲染在蔚藍晴明的天與碧綠的溪流中，現出天然色彩的調和來。冷冷的秋風，吹動它們，與夕陽的金色光線相映著，越發美麗而炫耀。

這個鄉村的後面，是連綿不斷的小陵阜。赭色的石徑，忽高忽下，老遠地通向一條大道，是往木阿鎮的大道。木阿鎮是最近幾百里的極繁華，極險要的地方。那裡有醫院，學校，工廠，市場，又靠近江口，時而有汽船載著客人貨物到鎮上去。而尤足以震懾人們的，是在鎮中有一所兵營。他們鄉里人，常常聽說有幾千人在裡邊住著呢！所以這個鄉村的出產品，什麼食物咧，穀米咧，都送到木阿鎮上去售賣。但由鄉村去須越過幾重的山嶺，難走得很。有的說是六十里的路程，而須走一個整天，才能到達。

秋天來了，而鄉村中的人家，卻特別要忙碌起來。因為一面要將園圃和田野中的農產收拾好，一面又須計劃冬日的儲藏。什麼該運到鎮上去賣，而乾的蔬菜，和製作的冬日的農家食物，又須趕著製好，預備一到飛雪的冷天，好同鄉鄰們，斟著家釀的暖酒，在茅檐下同他們的父母妻兒好安心去償還一年的勞苦。所以這時他們正忙得很。廣場子裡都堆了些圓錐形的草堆子，田中有些農夫和婦女兒童還在那裡割最後的稻子。每家用土築成的牆外，探出幾枝的柿子枝來，半紅半青色的柿實，惹得赤著腳的小孩子，饞的流著涎汁亂跳。

鄉村的房屋，很是歷亂，絕沒有整齊劃一的形式。全村子中只有一所小小的二層樓，這是村中第一個富人劉家的住室。他怎麼稱得起第一個富人？不過他的房子較為整齊些，多些，而他又是木阿鎮上的學務委員之一，兼任著他們三個村子連合辦的小學校的校長。所以他的鄉鄰，才這樣的稱呼他。不過所謂第一富人中，包含著偉大、景仰、尊敬、羨慕的複雜意味，不止是說他的資產呢。

夕陽的餘光尚在村前的溪流上亂蕩著，一條條的霞色光線，反映著那所小樓的玻璃，使人目眩。一個農婦，正自肩了一筐的木梗和落葉，沿著溪岸走來。她那枯乾的目光，正對著十碼外的樓窗出神。她懶懶地疲乏地走，忽聽得溪的西岸，有個清響的鈴聲由樹林中散出。鈴聲在鄉村中，是常聽得到的。但那載重的疲驢，和耕地用的牛項上掛的大而生鏽的鐵鈴，發出音來，沉重粗澀，沒有這等清朗。她發現了這個疑問，便立住了。一瞥眼工夫，見林中小徑上，跑出一個騎馬的人來。馬是棕色的，騎馬的人卻穿了青絨的短衣，帶頂闊邊的黃色草帽，勒住馬銜，很從容的向村中走來。她的感覺是遲鈍的，村子中又少見這樣的人，所以她注視著他，很為奇怪！正在這時，她那村中小樓的主人，從村西面拄著一把遮日的傘，左肘下夾了一大包的書籍，也踱過來。他是位四十幾歲的人，身體很是強壯。他少年時曾在非洲冒過幾次的大險，著作了幾部游記，很為人所歡迎。不過他回國以後，並沒作什麼事業，仍然是回到他的故家，過平凡的日子。這時他方從公立小學校回家，正自盤算著一個教育的問題，低著頭只管走。

那個肩筐的婦人，瞧見他來了，便不由得將驚詫的聲音喊出。哪知這位校長先生，沒聽見她喊出的是什麼字，抬頭一望，卻正看見那個緩緩而來的騎馬的青年。他的眼光，是銳利的，雖隔著幾十碼，他已看得清清楚楚，便將手執的傘，揮起來道：

「慕俠……是你啊！」

對面的青年，騎在馬背上，心裡被憂鬱充塞住了。他沒有想到農婦向他注視和那位校長先生和他打招呼。

「哦！……聽見了沒？……慕俠……俠……！」校長先生又高聲這樣說。

他從馬背上，方醒了過來，他彷彿已看見，便一縱馬轡，那匹小而壯健的棕馬就跑了過來。及至到了近前，他手中一鬆，馬便立住，口中噴出呼吸的熱氣來。他反身跳下來，姿勢異常穩重，像是久經騎馬的戰士一樣。他英爽而憂慮的面上蒙了一層細塵，卻掩不了雙目銳利的光，他執著綠皮的馬鞭，很誠懇地和校長先生握手。他道：「劉伯伯！……我們有十年沒有見啊！……」他說出這幾個字，再也續不下去。他的眼光中，為一種誠意地，切念地興感所激動，放出晶瑩的光潤來。他少停了一會，又繼續說，「劉伯伯你，……你怎麼在這個村子裡？……」

劉伯伯也被同樣的感動，他雖是極愛說話的人，到現在看見十年以前的小友，居然變成個風塵中的青年，不禁也急切說不出話來。只從他的嘴唇上，迸出幾個：「喂……是你……哪兒來？……」的幾個字。

這時那個青年，摘下帽子用馬鞭打去了帽上的塵土，一面卻望著劉伯伯，訴他以前的身世。

他說：「那時，……不是，是一個冬天。離著度新歲沒幾天了，劉伯伯不是送我跟我姊姊，母……親，走的嗎？咳！我那時只知看劉伯伯穿的洋服的驚奇，全不知我以後悲哀的幻影正在我眼前跳舞！可憐我父親經營了一生的海外商業，竟得那樣結果，都賴……劉伯伯這些話我是後來聽我母……親說的……」他話沒說完，劉伯伯便拉過那匹馬的轡繩，打斷青年的話道：「你走的很疲乏了！你且到我家裡休息幾天，好慢慢告訴你那後來的事情，……就是你曼妹……她也喜歡你來，去聽你說話！」他一邊說著，一邊向樓角上指去。

但是青年從感慨驚慕的表情中緊皺了眉痕，發出堅決的口吻執著劉伯伯的手道：「我不知道劉伯伯的訊息有五六年了！哪知還是仍還你的故鄉，我只以為你又到什麼外國去了！咳！不啊，我必須在這裡住下幾天，好在我是一個無家的人！……」他說著眼圈發紅，聲音也變啞了。隨即繼續急促地說：「我願意在劉伯伯家常住，可是此刻不能了！今夜十點鐘以前必定要趕到木阿鎮去，因為我自去年，已在軍隊中補到騎兵的下尉，原來是住在別一省裡。這回因為有戰事，……劉伯伯是曉得的，要挑選一部分將校調到木阿鎮的軍隊中去，預備第一次出發。我本來應該早來的，我因為將來的命運，多分要與死神接緣了！所以告假，回到我母……親的墳上，看了看，又往我姊姊家，看了看她所遺留下的小孩子。所以今天一早，方從……地方下了汽車，今天晚上要趕到木阿鎮去，不明天就乘輪船出發咧！……」他說時，看看自己的手錶，很急促道地：「恐怕沒有什麼耽擱了！……」

劉伯伯凝住神聽他說了這些話，不由得將手中的傘倒在地上。目光痴痴地望著青年，半晌方靠近一步道：「怎麼？你母親，和姊姊也死了嗎？」

「是三年前，我母親死在旅店裡……去年我可憐的姊姊也因難產，拋了兩個小孩子去了……我，……」他這時已流出青年悲哀的淚痕來！

劉伯伯如做夢似的，他心中頓時織成了幻想的迷網。他想他的老友死後這一重的悲幕，卻都使他——青年——充了主角。他又想那時他穿身露膝的白絨洋服，腮上如點著胭脂般的紅潤，他和我們離別的，和我的曼兒並住著時，我心中只是有著他們可愛的一對小生物，心中奏著歡慰的曲調，哪知後來因為本省一帶起了亂事，便永遠不知各家的去向，……哦！他現在一個人了！……孤獨的青年！……槍炮中的隊官……他走了！……不能住下嗎？……他這樣想竟沒有和青年再說話的力量。

青年卻堅決道地：「劉伯伯不必這樣，我這一行，也是抱了決心的！青春的背影，已將我逐到失望和悲哀的海中去！我的心已不知早碎成了幾多片片！我早決定了！……決定了！人生究竟有歸宿呀！青年的熱血，究竟有個迸聚與流放的時候，我至今還有什麼希望呢！……況且，這是不能再為延緩的，大約啊，……再見，劉伯伯！十年以後，也會成了夢影吧！……我走了！已經耽誤了二十分鐘，到晚了，要受懲戒的。……今夜哪能再睡，……不明的夜裡，只有燦燦的星光，和不盡的江流，要送我們到新的生命場中作奮鬥去！……劉伯伯，……妹在家嗎？……我不能見她，……祝你們幸福，……啊！……」

青年一陣子急遽無倫次的話，音調已不似先前那樣柔和了，淒哽得教人聽不出！他也不再顧劉伯伯，將身一躍，跨上馬去。馬嗅了嗅氣，四蹄已經發動。

這時，那溪流旁肩筐的農婦，不知是什麼事，還呆呆地立在那裡看，但她有新的發見，高呼出啞悶的聲音道：「你們看她從樓上下來！……」

這句話將劉伯伯的痴想，與青年堅決的勇氣，都震動了。原來一個十七八歲的姑娘，拿著一朵玫瑰花，從樓上下來。正拉開院外的竹子編成的門。這時青年已經瞧清楚，便覺得身上抖顫得幾乎要跌下馬來，看她穿的月白色的衣服，如在月影中一般。他咬了咬牙齒便在馬上脫下草帽，高喊道：

「妹！……妹！還認得我嗎？……我走，……永遠走了！可扶劉伯伯回家去！……」他不能再說了，便拚命地將綠皮的馬鞭亂揮，馬便放足跑去，他的鞭子向溪旁一揮，竟將一株向日葵的本干折斷，碗口大的黃花，便連枝掉在溪裡去。

一陣西風，吹得落葉刷刷地響，馬塵的煙，也沒有了，只是那個肩筐的農婦，還遠遠的望去！

村後的陵阜，滿了黑暗的影，修長的石道沒有一點的細響！

又是一年的同樣的秋日，鄉村中是一樣的忙碌。那一天是個沉悶的天，卻沒有霞光的映耀與夕陽的美麗。村前的溪流，也滿瀦了些汙穢的水，不似去年那樣的清潔；一片片的黑雲，在空中流動，像要下雨。劉伯伯銜著菸斗，倚在柳樹上，望著遠遠村後的石徑上凝思，誰也不曉他想些什麼！不過額上，已是添上了幾疊皺紋。他的女兒，臉色也很黃瘦的，伏在溪邊大石上，用手把著那棵枯乾的向日葵的餘干。可憐去年此日的鞭痕，遂葬送了這棵迎風含笑有美麗生命的向日葵。她自夏日，害了一場病，往別處去醫治了三個月，這時方回到村裡。她同她父親都掉在一個沉悶的淵裡！終日裡都是靜靜的，沒有一句話。她這時同她父親本想出來呼吸清新的秋日的空氣，哪知到了溪邊卻都同失了他們的神智似的。那片段的生活的悲痛，卻沒有一個消息來安慰他們！

一樣的去年此日，只是少了那個背筐的婦人！

劉伯伯的煙鬥中沒得些微餘燼，還只管含在口裡，向石徑上呆看！

「今年……戰事完了，看軍事的報告，的確，……死了！……萬……千的人！……」劉伯伯的女兒，弱而無次序的腦中這樣想。那乾枯將要折倒的向日葵上的鞭痕，似乎向她點首。

西風吹來，由冷的感覺，使她重溫到去年此日如夢一般的光景。

她想著，不料猛被向日葵上鞭痕所留下的乾刺，觸破她的顫顫的手指。

一九二一年二月

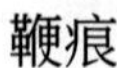
鞭痕

遺音

遠遠的一帶楓樹林子，擁抱著一個江邊的市鎮，這個市鎮在左右的鄉村中，算是一個人口最多風景最美的地方。鎮前便是很彎曲而深入的江灣，灣的北面，卻有所比較著還整齊而潔淨的房子。房子中也有用磚石砌成的二層樓的建築。正午的日影將樓影斜照在樓前的一片草場上，影子很修長。原來這所建築，是鎮中公立小學校的校舍；這鎮上人很高明，他們尋得這個全鎮風景最佳的江邊，設立了這所學校。校裡的男女兒童，約有三百人。

校舍的西角，便是教員住室，這也是校內特為教員所建築的，預備教員家眷的住處。再往西去，就是些沙上陵阜，有些矮樹野草，綠茸茸的一望皆是。這日正是星期的上午，江邊的風，受了水氣的調和：雖是秋末冬初，尚不十分冷冽，有時吹了些樹葉落到江波上，便隨著微細的波花，無蹤影地流去。

教員住宅靠江的一間屋子裡，一個二十七八歲的青年，對著許多書籍稿紙坐著發呆。他不是本地人，然而他在這個校裡，當高等部教員主任，已將近三年。自近兩年來，連他的母親、妻子，都搬來同住。他的性格是崇高的小學教員的性格，他雖是不到三十歲的青年，然作這等粉筆黑板的生活，已經有七年多了！他自從二十歲在師範學校畢業以後，為生活問題所逼迫，便拋棄遠大的希望，經營這種生活。他性情縝密而恬遁，獨勤於教育事業。終日與那些紅頰可愛的兒童為伍的事業，是他非常樂意的。他不願在都市裡同一般人亂混。他覺得他的生活的興味，這樣也很滿足的。他的學識不壞，就使教授中學校的學生，也能勝任，不過他是沒有這種機會，他也不找這種機會，他情願一生都是這樣的平淡，閒靜，自然。可是他的境遇，現在雖是平淡、閒靜、自然，他的心中，卻終沒有平淡、閒靜、自然的時候。因為在他二十歲以後的生活裡，忽然起了一次情海的波紋，這層波紋，在他的精神裡，永不能泯去痕跡。他從前是活潑的，愉快的，然而這幾年來，他是沉鬱的多了。時時若有一個事物，據在他的靈魂裡，使他對於無論什麼事，都發生一種很奇異而不可解的疑問，因此他的心境，越發沉滯了！

這日是休假的日子，校裡的兒童，都已放假回他們快樂的家庭裡去，忙碌一星期的那些教員，也都各自找著他們的朋友，出去閒玩了。他這時候卻坐在自己的書室裡，對著一層層的書籍出神。原來他為《教育報》作的稿子須於三天以內作完，他想作一篇關於性慾教育的文章。早已參考了許多書，立了許多條目，這日用過早飯以後，他母親和他妻與一個三週歲的小孩，都到鎮中人家去閒談去了。他獨自坐在這裡，想要將他的教育思想，趁著這一天的閒工夫，慢慢的寫出。

他坐在一把竹椅子上，排好了書籍，鋪正了稿紙，方要拿筆來寫，但只是覺得身上陡的冷了一陣，覺得從窗隙鑽進來的風使他心戰；頭上痛了一會子，不舒服得很！他不知怎的，把著一枝毛筆，只是望著對面綠色刷的壁上掛的五年前自己照的像片發呆。那張像片，雖是裝在鏡框裡，然五年以來，片上的顏色，已有些陳舊，隔了一層細塵，更顯得有些模糊，就像他的生活一年比一年黯淡一樣。他看著像片框子上嵌鑲的花紋，彎曲而美麗，像那一點曲線裡，也藏著一個生命的小影在裡面流轉一般。他想這必是一個有名的美術家的作品，他不禁微微的嘆了一口氣，自己尋思，這就是一個人的精神剩餘嗎？想到這裡，低頭看看一張草稿上，仍然沒寫上一個字，便很勉強地拔出筆，向紙上很抖戰的寫了「性慾」兩個字。哪知這支筆尖，早是禿了半截，寫得認不清楚。他很愁悶的將筆往案上一擲，心裡宛同有塊石頭塞住了似的，漸漸地立起來，抽開書案下層的抽屜，撿了半天，方撿出一支筆來，又一翻檢，他不禁很驚訝惶急的說出一個：「咳！……」字來，這個音由他喉中嘆出，然而非常急促而沉重。他靜默無語，拿出一張硬紙紅字的美麗信片，用盡目力去注視。室中一點聲浪沒有，只是兩個雲雀，在窗外的細竹枝子上，一遞一聲的嬌鳴。

信片雖是保存的非常嚴密，而紅色的字跡，經過幾年的空氣侵蝕，也將顏色褪得淡了許多。他這時無意中將這個信片找出，便使他靠在椅背上，幾乎全身都沒得絲毫氣力。原來那張信片裡，藏了許多熱烈而沉摯的淚、愛和不幸的命運，以及生活的幻影。也就是他的情海中的一層波紋，是他永不能忘記的波紋。

他呆呆的看了一會，很沒氣力地將那信片輕輕放在案上，自己想道：這是她最後的遺音了！這是她最後的遺音了！卻再也不能夠想起別的事情來。無意中將剛由抽屜裡找出來的那支新筆，掉在地上，他便俯著身子拾起來，一抬頭含著淚痕的眼光，與那壁上掛的像片接觸著，猛然又想起是五年半的光陰了！那時這張像片，比較現在的面色，卻不同得多，宛同她這紙最後遺音是當年一樣鮮明的顏色，少年的容貌，都一年一年地黯淡消失了！而生活的興味，也一年一年地減去了！環境的變遷，真快呀！……他想到這裡，那很細瑣很雜亂的前事，都如電影電影，一次一次地在他的腦子中映現而顫動了。

他想：他自從在學校畢業的那一個月裡他父親死在銀行的會計室中，他本來可以再升學的，但那時不能有希望了。他父親死了，家中又沒有什麼收入，他有個姊姊，有四十多歲身體很不康健的母親，不能不離去學校，謀一家人的生計。於是他便由一個朋友的介紹，往一個極小的外縣的農村裡，充當一所女子高等小學校的歷史國文教員。那時他剛二十一歲，然而他在學校裡，成績既好，性情又和藹，所以人家很信任他。他記得第一次由家裡去到這個遠地的農村學校的時候，他母親和姊姊在門首送他，他母親，逆著很勁烈的北風，咳嗽了幾聲，及至咳完，眼中早含著滿眶的淚痕。他姊姊替他將外衣披好，一斷一續的似乎說：「兄弟，你現在要出去作事了，第一次的作事，身體也不……要勞著！免得……媽……老遠的記唸著！……」這幾句話沒說完，一陣風就將他姊姊的話嚇回去了。

他想到這種念頭，記起他自小時最親愛的姊姊來，可是他姊姊已經同她的丈夫到北方去了，遠隔著幾千里的路程呢！

他在那個極僻陋的農村子裡，作一個月二十元的教員，卻平平的過了一個年頭，第二年他姊姊同他母親也因為家中生活困難，便也搬來同他住在一處，後來他姊姊就同他的一個同事結了婚。

他想了這一些往事，便用手點著那張信片的拆角，心裡很酸楚的想：「我若不遇見妳，我的精神當沒有一點翻騰，可是啊！妳是一個鄉村中天真活潑而自然的女孩子，設使我不到那裡去，妳也可以很安貼的作一個無知無識的鄉村婦人，到現在，在妳的平靜家庭裡，安享點幸福，不比著飄零受苦好得多嗎！」

他回憶在那個農村裡與她無意中相遇見的時候，是在他到那裡第二年的二月裡。有一天下午，校中的女學生，都散學走了。他拿了一本詩集，穿了短衣，出了村子，就在河岸上一個桃樹林子裡，坐在草地上讀去。那時桃花，已經有一半是開好了，紅色和白色相間，爛漫得實在可愛，他檢看書籍，精神極愉快，頭髮蓬著，從花影中現出了他的面貌。河灘裡一群男女孩子，在那裡遊戲，她從山裡采了一筐子茶芽，同她的女伴，沿著河岸走來，恰巧一個頑皮的孩子，揚起一把沙泥，向空中撒去，於是她的眼瞇了，一失足跌在岸旁，觸在塊石頭上，便暈去了。小孩子嚇得跑了，她的女伴，都是十六七歲的女子，也急得在那裡一齊亂喊，有的哭了。他看見了，便走去幫著她們將她用人工救急法治醒了。不多時她的寡母也來了，便扶她回去，向著他道謝了好多話，請明天到她家裡去。他這時第一次認識她，他是第一次看見她清秀美麗的面龐，神光很安靜的眼睛，便給他留下了一個不可洗刷的印象，在他腦子裡。她們走了，日影也落到河水的沙底裡去了，他只是看著撒下的碧綠鮮嫩的茶芽凝想。

自此以後，他在這個鄉村裡，便得了一種有興趣而愉快的新生活。她是這鄉村中很窮苦的女子，她比他小了四歲，她的家庭，就是她母親和她，是村中人口最少的家庭。她是天然的美麗，天然的聰明，而又有豐厚而纏綿的感情。她的言詞見解，處處都能見出她是天真未鑿的女子。她每與他作種種談話，都帶了詩人的神思，她實在是自然的好女子。她母親以誠懇的態度對他，不過她家中非常清苦，他去時只可坐在她那後園裡桑樹陰下的石頭上，飲著很苦而顏色極濃的茶。

她識得幾個字，又加上他的指教，不半年的工夫，他便將她介紹到學校一年級裡去讀書。但她還是有暇便去採茶，飼蠶，紡織，作針線，去補助她家的生活，他每月給她幾元錢的補助，但是別人都不知道。

她讀書的天資，別的女孩子都趕不上，她也非常喜歡，於是一年的光陰，由溫和的春日，到了年末。她的智識已經增加了許多，可是她那爛熳天真的性格，卻依然如舊。在這一年中，算是她與他最安慰而快樂的一年了！他在這一天一天的光陰裡過去，他只覺得似乎是在甜蜜與醇醪中度過。因為他們的靈魂，早已作了精神的接觸，便於無意中享得了戀愛的滋味，這是他到了現在，方悟過來。那時只知是彼此的精神情緒，都十分安慰罷了！

他回想了半天，想到那時，他與她游泳於自然的愛河中的愉快，到如今還像就在昨天，或是剛才的事一般。但他又記起由喜劇而變為悲劇的情況，悲劇開幕的原因，即在她母親的死。

她母親自青年便受了情緒與生活的失調和壓迫，早種下了肺結核的病根，這幾年來雖然看著她自己的愛女，漸漸大了，長的美麗，又有智識，又因得了他的助力，心上也比從前放寬了些。但是她的身體，究竟枯弱極了，便在她女兒入校讀書的第二年四月裡死去了！她家裡沒有餘錢，更沒個人幫助，她哭得幾次暈昏過去，幸得他姊姊同他去勸慰，他省了一個月的薪水，方得將她母親殮葬。然而她成了孤女了！他的姊姊又恰在這時，隨他的姊夫到別處去了。他與他母親商好，便將她搬到他家去住著。她終日裡長是哭泣，他母親也非常的可憐她，究竟是有些防嫌的意思，他覺得了，她又不是蠢笨的女子，自然也明白，更是終日自覺不安，所以他們自從經過這番變動以後，除了在學校以外，形式上更是疏遠，而他們的精神上，卻彼此都添了一層說不出的奇異而恐懼的感覺！

這個鄉村的人，是非常尊重舊道德的，雖有女子學校，也是不得已方請了幾個男教員。他是很純潔而誠篤的，所以自到這裡，無論是農夫啊，私塾的老學究啊，對於他沒有什麼惡意。但自從他將她介紹到女校裡去唸書，有些人便不以為然，不過還沒有公然的反對；自她母親死後，經此一番變動，村子裡便造出許多的謠言來，說他兩個人，尤其以鄉村婦女為甚。她們都向他的母親亂說，他母親更是著急，那時女學生也不大去聽他的教授了，於是村中的校董，便著急起來，直接將他的職務辭掉，他遂不能繼續在這個村子生活。但他卻也不以為意，商同母親願同她一同回到別地方去謀生活去，不料他話還沒說完，他母親便給他幾句極堅決的話道：「你自幼時，你父親便已為你訂過婚的，現在你為她竟然丟了職務，也好！我就趁此機會，去回家去與你完婚，……再打算法子，……她……你不必有什麼思想！……」

這突如其來的打擊，他與她生命之花的打擊，使他昏了半天！原來他在高小學校的時候，他的父母，便看好一個親戚的姑娘，就暗地裡將婚定妥，因他素來主張婚姻自由，所以直至他父親死後，他當了教員，他母親才將這個消息說與他知道。他這時方明白他母親雖是愛惜她，卻防閒她的原因，他這時看見婚書，聘禮，擺滿了一桌子，——他母親給他的證明——他心裡直覺得一口口的涼氣，滲透了肺腑，可是他不能捨棄了他母親，便不能毀了這個婚約。他覺著這時什麼思想也沒有，只是身子搖搖不定，手足都沒點氣力。後來她進來了，看明白了，他與他母親的情形，都在她聰明而有定力的眼光裡，她乍一見時，有一疊淚波，在眼裡作了一個紅暈，即時便現出滿臉的笑容。和他母親看戒指問名字，還忙著給他賀喜，他也不明白她是什麼意思，便很悲酸而顫慄的倒在床上。

這一下午，他這個小小家庭裡，異常清寂，她在屋子裡寫了半天的信件，晚飯後，便親往郵局去了。他呢，痴痴地趁著月明下弦的殘光，披件夾衫，步出村子，到樹林子裡依著樹，細細地尋思。但是他的尋思，很雜亂，不曉得怎樣方好！

末後，她也來了，星光黯淡下，嗅著林中野薔薇的香味與自然的夜氣，兩個人互握著手立著，總覺得彼此的手指，都是有同速率的顫動，而各人手腕上脈搏，跳的也越發急促。他們這時卻不能說一句什麼話，也不知是酸是苦，覺得前途有一重黑而深覆的幕，將要落下來了！他們這樣悲戚的靜默，約有四十多分鐘的工夫，後來還是她用極淒咽的音說出了一種忍心而堅決的話，這話他現在回思，像當時她在耳邊梳著雙髻嗚咽地在他肩頭上說的一般清楚。可是他這時已沒有勇力再去追想。但記得她末後說的幾句話是：「不能在你家了！……我要赴都會裡謀生活去，……這村子的人，都拿我，……無恥，……那封信，是寄與我一個表姊的，……她是在那邊當保姆教員，……但是我不！……永不！……訂……婚！……也不……願你……還記！」……他記得說到這裡，兩個人便一齊暈倒在草地上了！

以後的事，他也不願想了。這是明白的事，她竟自獨身走了！他也作了戀愛的犧牲者了！結過婚了！他這位用紅絲繫定的妻，也是高等女學校畢過業的學生，性情才貌都很與他相配。若使他未曾經過那番情海的波紋，也沒有什麼。但是他自此以後，雖她——他的妻——對他，有極美滿的愛情，他終是覺得心裡有個東西成日裡刺著作疼。一年一年地過去了，他起初和她透過幾次信，可是她來信總是些泛泛的平常話，對於過去的事跡，卻一句也不提及了！後來他充當了江邊市鎮學校的主任教員，她便寄這一張最後的遺音與他，說她近在某公司裡充當打字生，——但不知是哪個公司——後面她說她現在立誓不與男子通信，情願一輩子過這種流浪生涯，並他也往後不再通信，即去見她，她也絕不願再見他，她說他的小影，早已嵌住在她的心頭，從此就算永沒有關係！她這封信，連個地址也不寫上，他一連寫了幾封沉痛的信，往她的舊地址寄去卻是沒見一個回字。他為她到過那個都會兩次，卻沒找到一點關於她的消息。

過了二三年，他有了個小孩子，生活上不能拋了職務，家庭上也多了牽累，他與他妻子的愛情，在長日融洽裡，不知不覺地比初婚時增加了好些，但他心頭上的痛苦終難除去！

他這半日的回思使他少年的熱淚，溼透了那張最厚的信片，淚痕滲在紅鋼筆寫出的字跡上，宛同血一般的鮮豔。

二點鐘三點鐘四點鐘也快過了，他坐在竹椅上，也不起立，也不動作，草稿上還只是有很草率而不清楚的兩個「性慾」的大字。

日影漸漸落下去了，風聲漸漸息了，一對嬌鳴的雲雀也拍著翅兒，回他們的窠巢去了，但他這個傷心夢影，卻永沒有醒回的一日！

院子的外門響了，他的妻穿了一身極雅淡的衣裙，抱著三歲的孩子，孩子手裡弄著一支白菊花，裊娜地從枯盡葉子的藤蘿架下走進來。他們進屋來了。那小孩子呀呀道：「爸爸！……爸爸！……一朵花呢！……」說著便將鮮嫩的小手，向空中一撲，將花丟在他的膝上。他這才醒悟過來，將那封最後的遺音，往抽屜中一丟，猛回頭，卻見他妻看了看草稿上「性慾」二字，朝著他從微紅的腮窩裡現出了一點微微的笑容。

一九二一年三月

春雨之夜

春雨之夜

黃昏過了，陰沉沉的黑幕罩住了大地。雖有清朗月光，卻被一層層灰雲遮住，更顯得這是一個幽沉、靜美、蕭條的春夜。

燈影被窗隙的微風拂著，只在白紗幃上一來一往地顫動。我正自拿了一本現代的英文新詩集，包桃林所作的一首，名「悲哀之夜」，裡面有幾句是：

我聽見落葉松林中如流水的聲相近，
發出了聳動啊、靜止啊，和那種搖音。
在寂寞的夜裡，未眠之前，
我盡能聽聞。

我口裡重複唸著，正在咀嚼那「寂寞之夜，未眠之前，我盡能聽聞」幾個字，彷彿這種文字裡有濃厚味道一般。我便想寂寞之夜啊，今夕。……想到這裡，不覺得便把很厚的一冊洋裝書掉在床上，原來有一種細微淒涼的聲音，衝破了這個靜境。那種聲音打在窗紙上，流在樹葉上，點滴在門外的菜畦邊軟而輕鬆的土壤上，都似奏著又靜又輕妙的音樂，一聲一聲打著人們的心弦。起初還滴答滴答地散落作響，後來被陰夜的東風催著，一陣陣淅淅瀟瀟，卻完成了這個寂寞的春雨之夜。

有這等輕靈淒咽的雨聲，似是沖跑了寂寞；然而使人聽了比靜守著寂寞還要恐怖，還要感動！

和美的聲音，容易觸發人的深感，而幽淒的音響卻難給人以愉樂的同情。幽淒的音啊，你怎麼這樣容易使人回思，使人想到那些微小的事實上去？這些事實，是深深地埋在人們的心深處，永遠，永遠用血花包住沒有雕萎的日期，一得了幽淒音響的滋潤，便開了蓓蕾，放出悱惻醉人的芳香，不過這等思想的芳香卻使人如嚼「諫果」，從辛澀中得出甘苦的味道。

燈影依舊搖著，白紗的輕幃沙沙響動。一陣陣細雨聲，使我重回到幾年前的夢境。——八年前的夢境，或是虛偽的夢境？——腦中的幻想重重演出：荒野沉黑，輪聲激動，細碎的雨點，打在玻璃窗上作清脆的音響，哦！又是一個別樣的春雨之夜。

那夜是三月末的一夜，在一輛火車裡，慘慘亂搖的燈光，映著這一連十數輛的客車，在荒郊中慢慢行去。那時不過晚上十點多鐘，雖是春夜，卻因在日落前下了一場雨，料峭東風，吹得車中人都打幾個寒噤。車中的旅客也不多了。我那時靠在窗下，閉著眼睛，只是恨這天火車的輪機轉動得太慢！雨中的汽笛聲也非常沉悶，像啞了喉嚨的老人拚命呼喊一樣。越聽得出車外雨聲的清響。使人雖覺得精神沉悶，卻只怨車開的慢，沒有一點反感因為雨的來臨。

我正想入睡，只是睡不著，忽有種親切聲音，由對面傳來道：

「哦！你起來，……起來呀！看看有星星在天上了。」

我不自主地睜眼向對面望去，原來是兩個旅行的女子。一個大一些的，一身淡素，一看便知是個在中學的女學生。那個小姑娘也不過十三四歲，梳著兩個辮子，右手持著一張時下流行的畫報，左手卻墊著腮頰，俯在那個女學生的身上，她肩窩一起一伏地像在那裡哭泣。那個大幾歲的，聰慧的面目上，也帶著淒惶的樣子！手裡拿著沒有織成的墨綠色絨織物，一邊用手撫著小姑娘的柔髮道：

「妹妹，……妳不聽見雨聲小些了嗎？今晚上，……待一會星光有了。明日啊，……我們就躺在母親的床上。妳忘了嗎？母親叫妳畫的那張水彩畫，……我和妳釘在母親的鏡臺上面。……唉！妳笑了嗎？」

那位小姑娘果然站起來拭了拭淚痕，兩隻明黑的大眼望著姊姊。一會隔著車上的玻璃窗子，聽聽外面的雨聲，便又似有什麼歡喜的大事一般，兩隻手搭在她姊姊肩上，有自然的笑容。但是那位大幾歲的女學生，淺灰色的衣襟前卻已潤溼了一大片。她只是呆望著搖動的燈光，彎彎的眉痕時而蹙起，時而放開，眼睛裡一片紅暈。一會兒撫著胸口裝作咳嗽，像怕她妹妹知道；一會兒強拉著小姑娘的手，柔和地親愛地和她低聲輕談。

雨聲只是零零地不住。我看她們那樣天真，忘了車輪轉動的快慢，心頭上有一種純潔的感動！至於她們各人為什麼不高興，為什麼煩惱，只有輕妙的雨聲能知道吧？

雨聲沒停，車輪卻轉得快了。到了最後一站，我們便冒著雨，挾著行李，下了車。各人都帶著冷縮疲倦的神情。這個站是個鄉村商業的市鎮，除了幾十家工廠和鋪店外，卻沒有什麼人家。道路上石子沙土被雨水膠合在一起，又沒有什麼車輛，委實難行。我們這時只望有個屋子休憩，因為那時已近半夜，一日的旅行，加上春雨中的苦悶，確是疲勞不堪。於是我們這一個客車上的同行人，便被一家棧房邀去。他們有些人扛著行李急急地走去，我只是緩步尋思。

半夜的冷風，挾著雨絲從斜面裡往人臉上打來。我在前面時時回頭望那兩位姑娘，還在後邊。小幾歲的緊緊倚在姊姊身側，她姊姊挾著一個旅行用的皮囊，舉起遲緩無力的腳步，緊蹙雙眉，隨著我們走來。這時去站不遠，電燈光還可照見。

棧裡的房子很多，我便同好多作工的人住在一間大屋子裡。十二點了，一點了，雨聲漸漸停止，唯有門前大樹葉子上面的雨水時而流下來的微響，可以聽得見。我翻來覆去兀是睡不寧貼，又覺得身上微微有點痛。屋內還燃著油燈，看看旁邊那些工人都呼呼地睡得非常沉酣。雨後的夜裡，愈顯寂寞，窗外水道裡聽得出流水潺潺的聲音，馬棚中的蹄聲過一會還蹴踏不已，我竭力想睡去，總睡不好。喔喔的雞聲啼了，天快曉了，荒村中的春雨之夜也將終了，方朦朧睡去。

第二天仍然烏雲密布，沒一線兒陽光。清晨的冷空氣，使人有新鮮的感覺。我不能再遲延了，雇好馬匹，要踐著泥濘的道路走去。

我正在院子裡徘徊著，看竹籬裡萱花的綠長葉子，紅黃花蕊，著了昨夜一場時雨，非常嬌美。忽聽得隔室裡有女子呻吟的聲音。那邊室門開了，昨晚在雨中同車的那位大幾歲的女學生，微蓬著鬢髮，立在門口。我看她的眼圈卻紅腫了。她一邊望著陰沉的天色，一邊帶著吁氣的口氣向室內喊道：

「你不要著急，今天到家了！……到家了！母親見我們回去就好了！你不要急得發燒，……啊！」

一九二一年初春

月影

馮惠真從她的同學家中回來，胸中貯了憂鬱與慘傷的熱血！她記得，出她同學那個竹籬編成的門口的時候，就覺得心口裡一陣陣地被哀痛的同情的血絲扭鉸得作痛，當她那位憔悴虛弱的同學，用抖顫無力的手指，和她握別的時候，她幾乎沒有立住的勇氣，心卜卜的跳，連句慰藉的話，也說不上來。溫和暮氣中吹來的拂面春風，她卻連打了兩三個寒噤！那時太陽還射著微末的紅光，從淡淡的白雲中露出，街頭柳樹嫩綠的枝上，已是黯淡模糊，蒙了一層黑影。她那個可憐的同學，柔脆的心，已被悲哀衝破！含著滴不下來的眼淚和她對立在一棵成蔭的杏樹下面，呆呆地，只向三碼外的柳枝裡看。

自然，她的同學，沒有再聲明看什麼的勇氣與言語的能力，但她是知道的，的確，她想得和那位失望的婦人的心思，差不得一些。她卻不敢說出；她雖不說出，而恐怖的意識，已經在她的腦神經中，開始活動起來。她便從悲哀的同情中，加上了一重隱約，細微的恐怖！她不能不走了，她們對立在竹籬外，約有十分鐘。各人的眼光裡，表現出特異的、奇訝的注視，各人的腦子裡，演出些痴念與恐怖的幻影。她們緊緊互握住了手，在靜默中，自能從精神上，互訴出最大量的悲慘的同情！

太陽完全落下去了，片片的輕雲，仍然在空中流動。東南山角上，已籠出一個半圓的月兒來。月光很淡薄的，然而照到遠處山凹裡的平林，突出的峰頂，農夫的小屋，山腰中的幾株馬尾松，蒼蒼茫茫，現出一幅淡遠模糊的月夜圖。

小小的河流，從半坡形的曲澗中流過，由石齒內透出的清冷輕散的聲音，漸遠漸細，和坡上的野薔薇的芬芳的香，一同散佈在這個春夜裡，來和寂寞的月色作伴。澗旁有條崎嶇的小道，便是惠真回校的道路。

原來她是這山後一所鄉村公立小學校的教員，她那位同學，便是那所學校校長的妻子。

山中石道，彎曲的委實難行，細碎的小石子，布滿了路面，兩面低低的石壁上，牛蒡子，和榆葉梅的細枝，交互橫斜，往往將裙子掛住。但她這時全不覺得，心上沉沉的不知想些什麼，踏碎了滿地的月光，她也沒有什麼興感。彷彿看見一個小小的搖籃裡，盛著未滿四歲的一個女孩子的屍體，疏秀的眉，長而且黑的睫毛，緊閉著雙唇，還似向她作默示靜穆的天真的笑。搖籃外面，一簇鮮豔的海棠花，映得那女孩子的腮頰，都失了紅潤。這種印象——兩點鐘以前的印象——使她柔脆的心弦裡，一面奏著哀慘的幼稚的愛的音樂；一面卻觸撥起恐怖與顫慄的響聲來！她不時地回頭望去，似乎她那位同學，白瞪的、無神的眼光，直楞楞地還似對她釘住。於是她心裡雖想著快快走到校內，而聽著水流觸著大石的聲，和衣裙拂著草根的細響，都使她的腿力減少，疲軟，自己握住兩手，覺得手指都冷冷地發抖，氣息悶在肺部，呼吸也有些困難。

月亮已明了許多，照得山徑中各種東西，都似活動的一般，水流聲也更急，而聲響也越大了。天上有幾道星光，都似向她的眼光中射出奇異的色彩，山上的樹影，被風吹動，也要向她撲來，她覺得額上的發，有些水沾濡著，用手勉強拭去，也不知是哪裡來的汗珠，身上雖是穿著兩件裌衣，還是冷得不堪。越想快走，而腳下絆住的東西愈多，可恨的小石子，偏跟著她的裙緣轉動。忽地撲的一聲，從她頭上，有個東西穿過去，她不覺得便斜倒在一叢矮樹的枝上，身上的神經如觸電一樣的麻木戰抖，眼也不敢睜了，彷佛這恐怖的空氣，要將她緊緊壓在一個洞裡一般！

經這一番驚恐的打擊，反將她的精神回復了，她定了定神，如做夢初醒似的，立起身來很長地吸了兩口氣，便清楚了好多，只是身上的冷汗還沾溼了衣袖。她扶著道旁的樹，一步步走著，足力也強健了，走了幾十步的光景，轉過一條斜路，便看見幾處矮矮的茅屋中，露出半明的燈光，一片青草的廣場左面，老遠就聽得有和平輕微的風琴聲，吹到她的耳膜。「咦！到了！」她從欣喜與願望中，迸出了這三個字。

半圓的月影，由山角移到了中天，學校裡各屋子都沒有一點燈光，獨有馮惠真的窗前，尚燃著一支燭。燭光微弱得很，一層燭淚流在黃色的銅碟中，由純白變成青色。馮惠真手裡拈著半支紫桿的鉛筆，向一張粗紙上亂畫，她的手指仍然顫顫的，寫得不能成字。這寂靜的夜裡，越發使她興奮的思想，轉到不可解釋的悲哀和疑悶上去。這人生的苦痛，她替她那位親愛而和善的同學，生了真誠的感嘆。她想：「我是下午散課後去的，因為昨天聽校長——她的丈夫——說，『可憐的小孩，據醫生說，已經有了生機，不至出什麼岔子了。喉頭已消腫了許多，據說那還是百日咳的餘根，受了點外感，也沒甚麼危險。』不過他說時，不住地皺眉，連連道地，『不如沒有孩子倒還好些！現在我添上了兩重的憂慮！她！……她！……』說到這裡，他就噤住了，我當時知道我那位同學，她要陷入悲慘的境遇了。快得很！哪裡想到，我今天一去，就碰上了他們悲劇的啟幕呢！可憐啊，她——女孩——弱小的靈魂，尚似不知人世的依戀，臨死的時候，呼吸已不繼續了，還拿著她媽的鬢髮笑呢！她媽只當她索乳吃，剛解開鈕釦，我用手撫她的胸口，卻冰得我幾乎喊了起來。

「啊，我這是第一次見死的生物，卻偏見這個幼小可愛的女孩的死！她媽的景況，咳！……人為什麼要結婚？又為什麼要他們血統的與藝術的產品。愛是悲的背影！人們的生，只是催速著往死上走去！死究竟是勝利啊！可憐的人們，都是生與愛打敗的俘虜！……」她想著將手一抬，不料用衣袖將燭光撲滅，屋子裡卻還不十分黑暗。白色的窗幕，映著帳子，還可看清壁上的油畫。她不再燃燭了，卻也不想去睡。聽得前面廣場外的樹中，發出微微浮動的細聲，遠處有牛羊的鳴聲，哀長而淒厲。她用雙手遮住了目光，靠在椅背上，重複想去：「這時，她怎樣了？土堆裡新埋了一個生的肉體，伴著這個明月，在孤寂的山田裡。可憐她的母親，必是倒在她臥床上吧！她頭髮一連七八天未曾梳過，衣服上淨是藥汁的臭味。……她在我們同學中，人人都稱羨她是最幸福的，她的丈夫，和她有真誠的愛，又是誠篤的青年教育家。他們甘守著澹泊的境遇，度著甜蜜的歲月，也可謂……她結婚不到三個年頭，竟然有了他們的藝術品。我們同學聽說，都說她是十分有好運的人。……是的，他們的愛情，自然是無缺陷的。卻是今天受了這個圓滿中的重大打擊，將他們戀愛之果的藝術品打碎！他們小小的家庭裡，宛同上了一層愁雲的帳幕。……看他那種悲哀——痴呆的悲哀，因為她丈夫要埋了已死的女孩，她卻和她丈夫吵了一陣，平日溫和的態度也沒了。這幾天，她似乎老了十年！……」馮惠真尋思日間的事，到這裡，便膽怯起來，不敢再去繼續想去，然而又壓不住這狂奔的思想，她轉想到晚上走了四里長的山徑，便又覺得恐怖似乎向她襲來！

一陣風從窗外吹進，將白色窗幕揭動，她伸手拉起向窗外看去，隔著玻璃看那月影，照在山谷樹木上綽綽約約，都似在那裡跳舞，又似乎一株櫻花，一枝柳條，都表現出靜悄幽閟奇異而可怖的情調來！她從高處下望，他同學的居室，還彷彿看得，是在一帶平林的後面。她想那裡，更是個可怕與悽慘的所在！

夜中的風，使人容易受涼，她被風吹，身上有點冷意。腦中又紛亂害怕起來。她似乎看見那個可愛的女孩，在操場邊一棵櫻花上向她微笑；又似是伸著小臂，遠遠要和她接吻。她這個恐怖的感覺，登時如在山徑中一樣的支持不住，便匆忙地放下窗幕，一轉身伏在白色的枕上。記得從前，她曾親那女孩蘋果般可愛的小腮，覺得又軟又溫。她倒在枕上，顫顫地用手指按住了她的嘴唇，由窗中漏進來的月影，正照在她的手指上。

一九二一年四月十日夜十一時

伴死人的一夜

在油膩的木桌上，燭淚如線似流，燭花卻大得很，黯慘搖顫的光，照得黑暗的牆角，越看不清楚。屋子當中一個鐵筒做的火爐，一個個半黑半紅的火球，放出慘綠的火焰來。方正跛足的木桌上面，安置的東西多得很，燭臺、禿而粗大的筆、零亂的紙張、點心、花生，更有滿盛著菸葉的木盒。

偶然聽得爐中的火聲畢剝，卻同裡間一個老病的管事人的鼾聲相應答。他是一個二十年前的京中的騾車伕，專伺候「大人」的騾車伕，現在沒有好的生計，所以在這個荒僻的義地病院裡作管事人。他每談起尚念念不忘他以前生活的美滿與多量金錢的收入。

幾個人，或臥著，或斜坐著，都沉默得沒得一句話說，身體都明明有些支持不住，卻又再不能睡覺去。我在房子中間走來走去，望門外看去，一個將滅的紙燈籠，地上還有些沒曾燒盡的火星，秋夜的冷風，吹著火星滿地上亂跑。我望望火星、燈籠，再看到院中的西屋，距我立著的屋子，只有十步遠，使我陡地起了種不可思議的感覺。再回看他們在靜默中，越使我精神與身體都難過得不知要怎樣處理！又恨不能早早回去，使我在淒清慘淡恐栗的秋夜裡，第一次嘗試這種況味，然而我心裡，卻同時責我，不應作這種無理性的思想。

我心裡被說不出的異感衝動、震搖，一層層恐怖與悽慘悲哀，使我如同失了知覺。

忽聽得靠北壁的床上，她在沉悶的夜裡，長吁了一口氣，音哀而顫，於是她的口音，遂破了屋中的岑寂。她說「……我沒法再往生……活的路上走去，……他出來將近整年……竟想不到死……這裡！……早知，我……不來呀！還得叔叔們在此……使他都裝殮……妥貼，然……我實在永不會忘！……但……」

她的哥哥，是個體弱黃瘦的人，這時只有斜支著頭，在椅背上流淚，我們立在室中沒得言語。後來她的哥哥慘促道地：

「他已經這樣了！你連夜坐火車奔到這裡……哭……心痛……又怎樣？……他……你還有兩個孩子呢！」

她本來躺在床上，聽到這裡，卻用力坐了起來道：「孩子怎樣？三哥，你……還不知道我將來的苦楚嗎？家中人口又多，財產又少，我處處難過！咳！將來的日子，……我決定了……孩子託付與三哥，我呢！再沒有生人的勇氣，……」她說到這句，喉嚨中微弱顫促的聲音，已經噤了回去。她重複倒在床上兩手掩著額部。室中又即時靜默起來。只聽得我們四五個人中時時間作的嘆聲！和我同來為死人料理的那位，他是我的一位族兄，銜著一支將燼的紙煙，時時用手撚著唇上的黑髭，他於是很深沉鄭重道地：

「雖然……但還須往後面想，他這種急症，我實在替你不幸！可憐他由學校，搬到這個荒涼的義地病院裡，他臨死的時候，目光沒了，瘦得再也不能翻身，然而他還時時用乾枯的手抓蓆子，屢屢地用聽不清的口音說：『沒來呢！……沒來呢！……』今天上午，他……你到了將近半夜方趕到，可憐！……你也不必作什麼思想，可是呢，你家裡的困難，我們都知道的，將來吧，小孩子還可成人……」她也沒得言語，而她悲戚的嘆氣聲，一變而為似哭非哭的呻吟聲！

室中的爐火，已經剩了微光，院中的燈籠，早已熄了，長的秋夜，已經過了多半，還聽得檐下樹上的宿鳥，時而發出爭巢的聲。除此以外，更沒有一點聲息。我時時望院中停靈的西屋，就想到矮矮的木床上，有個未入棺的乾枯的青年屍骸，可憐哪，他才二十二歲！

疲乏不能勝過在這夜中奇異之感的逼迫，使我回想到他——死者——的生活。我本來比他大一二歲，雖說是叔侄，遠族的叔侄——的行輩，卻絕沒拘束，不過我在外已久，不能常見他。哪想他來求學，竟死在此處！唉，人生的命運！死後她的悲哀！突由室外吹進來一陣黎明的冷風，使我打了一個寒顫，回頭看看他們，仍是如泥土塑成的一樣，靜默著，而窗外的曉光，已從田野中穿櫺而入，室中漸漸變成白色。

靠近義地的晨雞啼了幾遍，天色已經亮了。於是我們同來的都如復活的一般。我覺得室中悲慘悶滯的空氣，幾乎將我窒死，遂也不顧秋寒，先跑到院中。而第一先注眼看的，便是西室的木板風門。院中清冷得很，幾叢矮菊旁，睡著一隻黑毛大身的獰狗。我方如夢醒，叉手立著。忽然外邊有個伺候病院的老人，提拖提拖地提把水壺走進來，他看我在那裡，便道：

「辛苦啊！……飲些熱水吧。」

我也正要喝些熱水，不想我話未及說出，一陣拍外門的聲音，響的非常大，老人很從容地放下水壺道：「唉！……好早，……送棺材的來了。」

一九二一年五月

伴死人的一夜

醉後

紛擾的喊呼喧嚷之聲，由各個敞開的玻璃窗中發出。突然的一個驚恐，使得街頭上的小孩子們都楞楞地立住了。電車鐺鐺地連續不斷地駛去，如電影般的街市中的瞬息，也似為這個紛擾的聲浪震動了。

玻璃窗子碎在地上，很華貴的酒樓，變成一個打架的場子，忙了帶刀的警察，尖利的笛聲鳴著，中間雜以雜沓的人聲，與街中的狗吠。什麼恐怖發生，在這個夏日的鬧市裡？

在高大建築物的最下層，距馬路不過四五尺高的窗中，如飛墮下來的一樣迅疾的，一個短服的人影，從窗前的電車道旁閃過，穿過街心了，跌倒了，重複跳起，向側面一條路上過去。於是警察的尖利的笛聲與群眾的喊呼，同時急速地轉了方向，是何等驚恐啊！在七月的毒熱日光下，蹴起了滿街的飛塵，一群人中有的將帽子丟了，有的臉皮也破了幾塊。「捉住！……」「萬惡的暗殺黨！」「凶手啊！」一片聽不十分清楚的狂喊，由街市的中心喊出。於是全街上的人，都如潮水的汛動了。人人不知是怎樣的恐怖！面色上都似乎有不可思議的疑惑與瞀亂。唯有電車的鐺鐺聲音，比較著還能保持它的原樣。

複雜而且多心的人們，將全個街市都擾亂了，但由樓窗中躍出的飛影，卻即刻不見。

當那些神經過敏的人，將那個飛影由窗中逐出的時候，他已有充足的活力，能夠使得他的影，隨他用最迅疾的速率，去跳越與飛騰了。他的技術本領，早存儲於青年的體力中，如今居然有利用的機會了。當他在酒樓的上層與一位紳士、一個公司的收帳員用武之後，他眼見那一個人，半邊紅破的臉，向椅子後面倒下。他開始聽見樓下驚疑的呼聲的時候，他自己覺得體力雖仍活躍，但眼睛裡有些昏花了。他看到案上的酒杯，有些活動迷亂。他由二層樓梯躍下，幾乎可說滾下。對面一撞，一個侍者的白衣，已染滿了一些魚羹。而且侍者的頭，撞在木壁上，與盤子碎在地板上的聲音，同時發作了。他昏亂的眼光中，許多醜怪的頭，都向他注視得驚呆了。他又看見壯年的人，都將大而紅的口亂啟開，他何曾聽見什麼！但他恍惚的腦子中，自然知道他們的意思。他奮興的心開始怒裂，而且悲哀！又被不可屈折的情緒壓裂了！在他身旁的磁杯、花瓶、盤子，便隨他的臂四處飛轉了。而大的武劇也發生。他看見除他以外的人們，是怯弱與卑鄙的，如穴中的鼠一般的無用且討厭！他不曾再有理性的思索與辨別。他這時只知他是一個狂怒的動物罷了！他只是用不可止熄的心中的火，要想將這整個的世界來燒掉！但是他在狂醉與憤怒中間，也覺得出群眾的眼光，是激怒而仇視的向他注射著。同時也聽到門外的尖利的笛聲，他被這等尖利的聲音震動，因此聲音所受的打擊，使他終難忘卻。他看見門外已是如潮水般的蠕動著些人，他何曾肯受這等屈辱啊！

他沒有關顧到身體的傷損，沒想到電車軌道下的慘死，更沒有同情街市中兒童們的驚怕！當他由窗中飛一般地躍出，在他的醉態恍惚中，他自以為如飛鳥的快活與自由。他猛烈與飄忽地穿過街心，在他熟悉的道路中，如同他童時在柳樹林中轉圈的嫻熟，便走過四五條小巷。起初還聽見後面人聲的喧叫，但從熱鬧的街市，走到臨近城裡的荒場的僻巷中，便甚麼都聽不見，只彷彿是有無量的耳語，飄宕著從天外吹來一般。這時金紅色的陽光，遠遠反映著城中最高方塔的鐵頂，特別熳爛，而他蓬散著的頭髮上的汗珠，也一滴一滴地灑在熱的土上。

他惶惑地四顧，一個曾經到過的地方，不意地出現了。距這個僻巷不遠，有一所荒廢的花園，是極古舊的園了。破木門外一棵多年的銀杏，是他二十年前的老朋友。他突然見是這個地方，頓然使他紛亂、憤怒、激動的心，暫時如浸在冰雪中的清涼與透澈了。在片刻中，使他想起他初入學校的時候，天天同著幾個強健的同學，由學校中跑出七八里路，到這個園中遊玩的故事。他想：「多末天真愉快啊！西鄰的朱小符，都是將學校的制帽斜掛在腦後，瞪起眼睛來，如上前敵般的勇敢，就爬到銀杏的最高枝上去了。記得有一次春天，下了一場細雨之後，還有顧浮次，我們三個人，踹了一路的泥，將父親給我的一雙新式的小皮鞋，都玷汙了。我們來到這個地方，我是立在東北面的露出的樹根之上，朱小符便照常自告奮勇爬上樹去。將一個鵓鴿的巢，——小而用細草與泥作成的巢，整個地摔到地上，有幾個將近孵出的卵殼，全碰碎了。卵中黃白色的液汁，流在草地上，哦！那時是我童年中最大的驚恐與悲慘之心發現的時候！但是，⋯⋯自從小學畢業以後，朱小符在某師裡作了目兵，顧浮次在一個輪船公司作了記帳員，還有，⋯⋯唉！⋯⋯」這段思想，在他的腦子中活動得比流光還快。他久久沒曾平放的心，至此想起了許多舊事來。老銀杏的大葉上的綠色，竟將他飲下的火酒湛清了許多。他許多許多的同學，都從久經擱置的腦中浮出。他自重回到他的故鄉來，幾年的光陰，都在賭博的俱樂部，與祕密會所的黑暗屋子中消失了去。這個地方，與這些零碎的舊事，早已成了隔世的飛塵，然而在凶狂的醉中，忽然走到，並且不可思議地使他回想到這些事上去。

毒熱的夕陽，漸漸沉落下去，在這個僻巷中，沒有一個人走過。只有一個穿了補綴衣服的小姑娘，提了一籃子野菜從巷外走來，到他身旁，呆看了他一眼，也就無意地走入一處矮小茅屋的人家去了。

他在清寂中，感到頹喪的悲哀。久已涸乾的眼淚，不能自禁地由疲陷的眼眶中瀉出。他疲軟地立了一會，覺得全身如在汗中洗過一般地難過。將單衫的領袖，整齊了一下，如同見遠客一樣的禮儀，這在他是沒有過的。他慢慢地走到銀杏樹下，壓住氣息，往廢園中看去。不禁使他愕然了！園中的草，都與短牆一般的高，從陷落的磚中長出。裡邊所有當日的屋子與花臺子，都看不分明了。好奇心增加了他腳下的力量，踏著些不知名的草與荊棘，及盛開的繁花，往園中去。

迴然與從樓窗中飛躍出來的他，另變了一個人了。他遲回地、疑訝地，向園中走來，除了陣陣的草葉上油香與野花的奇臭以外，沒有什麼感覺。舊跡的感喟，使他回復到十七八歲那時平靜、閒澹與自然的心境裡。記得有一次，他隨著他斑白了頭髮的母親與一個表兄，在一家宴會中，曾到過這個園中的亭子上。那時亭子外邊的粉色芍藥花，正開得繁茂。他想起他的家中人來，這在他近幾年中，放浪與狂妄的生活裡，也算僅有的，因此他不由得顫慄了！手指想抓住單衫的扣子，也幾乎不能抓住。他記起十歲時候，在他的父親房子中，偷喝過一回酒，居然變得爛醉。因此他那嚴厲的父親，將他母親罵了一場，甚至他母親哭了一夜，他因此再不敢，且是不願去飲一滴酒了。他想到這裡，使他抖顫與懊喪了！怎麼啊，如今竟變成這樣！設使母親在著的時候，她見我終日的酗酒，將要怎樣呢？但如果她還跟我生活，在這個可慘與悲憫的世界上，我或者不這樣的狂飲了，而且我決然終於不變我那個溫和與善良的態度啊！他無力地披著高大的茂草，蹴著小的石子走，一面卻沉痛地想著。至於園中到底是荒涼與頹廢到甚麼樣子，他並不曾注意。走到一所破漏的屋子前面，他無意地看見門檐上有三個用金砂堆成的字，末兩個字是「雲軒」，第一個早已看不清楚了。他於是有一個思想使他尤為煩悶！「哦！這是什麼名字的園啊，我曾記得母親對我講過？」……終於他記不起了！

日光已經沉落下去，滿園中已暗澹地罩上了一層朦朧的夜幕。他在破屋的傾斜的籬笆前面，無意味地立著，他竟也會想到夏之夜啊！「我今夜要宿在何處？」在從前他不會有這等思想的。到了那個賭窟與祕密會所中，自然就很恬靜地睡了，他絕不會發生「將來」二字的疑惑與思慮的。微熱的黃昏之風，已將他狂飲下的酒力都吹消了。他對於一日內所經過的事實，也不復能記憶了。對於自己的將來，更沒有完全的勇力去籌劃與思索，只有久遠的過去的舊跡，卻於這個夏日的黃昏中，盤據在他的心裡。他遲疑地坐在破屋將要傾圮的檐下，看看滿園中似乎蒙了一層黑紗般的迷惑與恍惚。空中的雲影被剛出的細而彎彎的月光映著，似乎得意地、驕傲地正在嘲笑他。在靜悄的境界裡，他開始聽見亭下的鳴聲，就在他的足下的亂草中。他不禁嗚咽地將頭俯了下去。他幾乎聽到他的心底的啼聲了！他似乎看見有許多獰惡的怪物，追逐著他，將他逼到一個黑色而迅流的深淵中去。他這時久經燃燒起的情緒，都止熄了，使他想到賭窟與祕密會所中的生活，都如在地獄中過去的一般。但他又這樣想：「人們誰不是終日在賭窟中生活？成日拿了生命去賭輸贏啊？誰曾不在祕密中過生活呀？」這樣想著，似乎可以將他的痛苦減少些，但同時，他總覺得他的母親在身旁用愛憐的眼光，憂慮地看他，他再不能忍耐了！便跪伏在破屋前面，在靜無人語的園中，他禁不住沉默的壓迫與月光的愛撫，他狂笑與憤怒的眼淚，又重複湧流出來！

久經酒傷的肺力，在他可說已全部的損壞，這時又咳嗽起來。雖在夏日的晚上，他卻覺得有點寒冷了。已經虛耗的體力，至此更不能支持得住，並且連思索與懺悔的力量，也沒得許多。園中的寂靜，獨有夜蟲與蚊虻的嗡嗡的聲音。淡明的月光引誘他，他的心思也漸漸地平靜下來。他有點迷惘了，似是幾歲的時候，母親在懷中撫抱著他，指著月亮講故事與他聽的一般的安閒與溫軟。他伏在滿了灰土的石階上，忘了現在；忘了將來；只有久遠的記憶偶發的憧憬，在他眼前復現一樣。他赤色明厲的目光，也開始合起。

一個異境浮現出，在他的半意識中。冬日的風，吹在廣漠的郊原裡，積雪還皚皚地，映在溪谷中。何曾留心看過天上的景色，但是似乎黯淡著。遠遠的樹林散漫地排列著，似乎還聽得見路旁的淡流中碎冰相沖打的細音。他隨著一群人，靜默地在修長無盡的道中走來。極目所見，更不知這條長的道路，一直是通向何處？只是愈遠愈狹，末後竟如一條青的線紋，遠插在黯淡的雲影下，雖是覺著散著冰粒的厲風吹在面上，但他覺得全身，已鼓起無量的熱力與勇氣，在精神的感應中，他也覺得他的伴侶們一樣也是如此。而且一群人中，有不可細為形容的面貌與態度。包括了所有人生的職業中的人物。而且有許多婦女，也隨在裡面。只是沒有兒童。人人的面目上，似乎都有深重的憂鬱與悲哀，也都有些病的顏色。在他呢，並不知隨在這一大人群裡作什麼？去有什麼目的？走了不知有多少路的時候，滿地上仍然浮現著積雪的浮光，長道的無盡處，仍然如青的線紋一般地插在黯淡雲影下。忽然人群中起了一種突然的騷動，似是尋得了已失的珍寶一樣的喜慰與歡呼！人人頓然呈露出同樣的希望與渴慕的顏色。他迷濛的心靈，也驟然感到是他們的目的地達到了。自然，他也受了這種暗示，也感覺鬱鬱的心胸，似乎啟開了。果然，他們同時在一個高岩的峻削的壁下立住了。全蒙了雪幕的山岩，在大道側旁，看去再無路可通了，除非由這個高的山岩過去。白光映得眼睛有些眩惑。他們全然肅靜了。沉寂地立定，都面向著雪岩半壁的一個窟穴真誠地跪下。他自然也隨同舉動，而且忽然感到，這是他悔罪與最好的期望的時候了！無數的男婦，都伏在冰冷的地上，如同受了催眠術一般地嚴肅與服從，幾乎連氣息都聽不見。只是低頭默禱。他的清白的心，在此時也酸咽地躊躕了，一邊用真誠的禱祝，一邊卻覺得內心顫動了！自從他會說話時到現在的一切所經過的事實，都全然映現出來在靜無聲息中。他覺得自身在這片刻以前，都是在黑暗中行走的，都是在罪惡的淵中淘洗的，這時對著偉大不可思議與神祕的雪岩的窟，自感到痛苦與渺小了。至於雪岩的窟，有什麼神祕的權力與賜予，他是不知道的，而且也未曾思及，不過卻如對著上帝一般地畏悚與顫慄啊。

他偷眼看看每個人的面部，都被怒號的北風吹得變成紫色，但並沒有一個人離地起立。而且人人的目光裡，都對著高高在上的雪岩的窟，從眼光中露出無限懇求與希望的光彩來。他們渴望著在半空神祕的窟中，有什麼靈境出現，好安慰與赦恕，湔滌他們的「生」的罪惡，且也是他們祈禱與懺悔的證據。

在層層的雪堆中與慘淡的日光下，恍惚靈跡啟示了！雪岩的窟中，走出了一個抱著四絃琴的白衣的老人，遠的，很遠的，然而老人的白衣上的金光，卻分明地映射在各人渴視的眼光裡。眾人都驚愕了，如同幻化在仙境裡。他一樣也感到神祕的吸引，便將一切的思潮，全平靜地壓下。他於精神的感應中，覺得人人也都如此，而且只有比他更為真誠與希冀。老人漸漸從雪窟中走下，遠遠地聽見悠揚與諧和的弦聲，在雪上彈著，他覺得心中如飲醉了醇酒一般。如有無限的希望與拯拔，就在目前了。但也感到細微的恐怖。空中的弦聲響動，怒號的北風，也同時停止。他突然覺著膝下滑溼，原來是堅積的雪融化了。他同那同來的人們，將各個的心靈，都似放在香軟的花萼之中的甜美與安定！

老人從雪岩上下來，在距離他們還有六七尺高的斜坡上立著。在白髮紛披下的弦聲，更柔和悠揚了，似乎已將這下面的人類的心，都黏著上去一般！於是眾人都喃喃地禱祝，他們抖顫的聲音，從廣漠的野中振動，都紛紛地宣述他們自己的罪苦與請求老人的救濟！他們都覺得自己是渺小得如小兒一樣。這時籲求神人的助力，給予他們以明光的燭，引導他們往前路上走去！他也是一樣真誠的動作。在他與他的同來的夥伴的注視中，老人和藹地微笑了。弦聲更緊奏著，在清冷的空氣中，在眾人跪伏的上空，很有些悲憫與矜憐的韻味，在眾人渴求與熱誠的祈禱中，在這種奇異的境界，他自己感到非常的痛苦與悔恨。他自覺是多麼的微小與恐怖啊！這時弦聲清朗而沉渺，彷彿將跪在下面的人們的煩惱與痛苦，都從弦聲上彈瀉出。

雪光越發白了，溪谷中都似有風聲的吼動，老人仍然微笑，而下跪的人們，經過長時的禱祝，與懺悔，以後也都感到喧呶是無用處的，不約而同地沉默了！但清朗沉渺的弦聲中，似乎發出一種人語的歌詞，切切地觸到他們人人的聽覺裡。是：

煩惱之絲，將可憐的生物縛住！
沒個，沒個能破掉的在微塵的世界裡。

屈辱的膝，只好跪在羞惱與失望的面前。
罪孽啊！有誰來安悅你？
如此啊，終久是流轉的如此！
雪花終是晶明在雪堆裡。
誰有權力啊，這樣偉大的，
能點汙它的清潔，與拔除它的罪厲！
各人的心裡，各人的靈思裡，
終是飲醉了毒香的蝴蝶兒，
迷惘地失了歸路，
只柔懦地棲息在荊棘——在歧路的荊棘叢裡。
我鳴著洗淚之歌，與清白的聲，
這是啊，我的權力！
歸路啊！歸去！
要歸到自己的荊棘的歧路中，去尋獲你的血汗的心跡！

奇怪的歌聲，每個字都深重與明了地透射到各人的心底，他們同時覺到自己心田中的淚痕，把他們周身都溼透了！浸掉在顫慄、悲慘、失望的意境中！他們全體嗚咽的聲，將弦聲來混合了，忘掉了！都深浸在迷悶裡，似是有若干鋒利的荊棘，刺透到他們的心中！及至他們醒悟過來的時候，老人沒了蹤跡，雪岩的窟更朦朧了，而瀰漫山野的雪，重複堅結起來。一切，所有的一切，如初從遠道處來時無異，不過清朗沉渺的弦音，還似是在冷冷的空氣中波動。他這時第一個先感觸到驚惶與失望！他來的目的，原不明了，但是在末後他的了悟性，竟比所有路遇的夥伴們都豐富而且深澈的。所以神的老人不見之後，他忽然如墜身在雪崖下的驚疑與惶恐了！他明明聽見弦中的歌聲，知道祈禱是無濟的，求縹緲的神去掉他的罪惡，是不可能的。他想他將永遠被拋棄在歧路中了！他苦痛的心，將永遠永遠為荊棘所刺傷了！他以為他也永遠被聖潔的神人遺棄了！那是怎樣苦悶啊！他在那片刻中，也迅速地將他畏懼是罪惡的事情，活動在腦子裡！他痴望著高高的雪岩的窟，想道：「我如今為什麼來的？果然我的罪惡不可拔除啊！而且為什麼連神人也不容我最後的懺悔？我母親生我以後，也一樣如同別個兒童的天真與純潔啊！酒狂罷了！因色情與人決鬥罷了！一個可惡的光棍的打死罷了！詛咒與怒詈，無同情與驕偽的對人類罷了！可是我原來何曾這樣！算得罪惡嗎？算得不容懺悔的罪惡嗎？他人的更大的罪惡，誰曾見過懲罰的？但我心中的荊棘之刺，終是痛著，為了自己，為了他人，但終是過於飲了毒酒吧！惡之花在我心底，終是沒有萎敗之一日！但何必哪！生長吧！發榮吧！……我微小的生命，與靈魂，竟被神人拋撇了！……」這時他失望與憤激的心中，因希望而狂妄了！並且極力地詛咒著，他再不想懺悔了！不想跪伏在傳說與靈跡的偶像之下了！他只想憑著心中的火，要將世界來燃燒了！不過他一邊想著，一邊覺得心中，也真的刺滿了荊棘的刺，有不可忍的痛楚。突然的回頭望去，哦！一切的夥伴們，早已沒得蹤跡了。而北風的尖冷中，在他身後，卻正有個人安詳溫和地立定，用憂慮惠愛的眼光注視著他，那正是他在搖籃中時，所見的母親啊。驚急與打擊中的希望，重複照在他的心頭，他勇猛地跪在母親的膝下，覺得母親用臂來圍著他，似乎正為他抵禦一切恐怖的事物，不至傷害他。他覺得有無量不可思索的悲酸與依戀，而羞愧的心緒，同時發生出來，而心胸的荊棘的刺，也全然的消失了。胸腔中空洞地，如無一物了。不知是歡喜還是安慰，但是神經已昏迷了！……迷惘中，無感覺中，就此突然醒悟。

破曉之前的天空，在園中滿浮了玄祕與特異的景象。清露濛了的星光，分外潤媚。雜花的香氣，在清淡的空氣裡分外甜靜。時有幾個蚊虻聚飛之聲，但也很微弱了。他疲倦與煩苦地醒來，身體上習慣了的痛苦，自從他投入煩惱的窟以來，為患難、艱苦、迫壓、戟刺所鍛鍊的，不甚以為苦楚了。他恍惚醒來，還彷彿母親在他身後立著，用憂慮與愛的眼光注視一般。他這時不恐懼，也不顫慄，不懊喪，也不懺悔。他揉了揉眼睛，向籠了薄幕的星光望去。他覺得那是美好的世界所存在的地方。他覺得雪岩的窟，或者尚能有一天得投身其中。白天的打擊與逃脫，他這時並不以為是幸福或是罪過！甚至所有他以前，從他因激烈與狂熱的情感，開始燃燒以後的事情——放浪的事，他一一明了地記在心中，但他卻不再去思索了。

他損傷與枯竭的心思，終於決定了！他知道，他此後，將要怎麼做去。他平靜地想過，也不再作思索。只是望著潤媚的星光，似乎已經看到一個美妙的世界，在星光中浮現出。

破曉的角聲，從遠處悲沉地吹起，他方覺得有點夏晨的微寒。瑟縮地回顧，迷離中似乎他母親還在身後立著用憂慮與愛的眼光注視著他！

一九二一年十二月

醉後

一欄之隔

是兩年前的一個光景，重現在回憶之中。

春天到了，溫暖美麗的清晨，正是我從司法部街挾著書包往校中去的時候。那條街在北京城裡，也可算比較優雅別緻的街道，可也是一條森嚴與慘酷的街道。看見街道的命名，便可想到這是個什麼地方。大理院、高等審判廳、地方審判廳、威嚴的司法部，轉角去便是分看守所。它們雖是威嚴，而鐵欄裡面，卻偏有好多的花木掩映。紫色與白色的丁香，霞光泛映的桃花，在裊娜含笑的花葉中間更有許多小鳥，跳躍著，啁啾著，唱著快樂的春日之歌。每天都與鐵索的郎當聲、守門兵士的皮靴聲、法警的佩刀聲、進門來的汽車聲、馬鈴聲攙雜著，和答著，成了一種不調協而湊和的聲調。無論誰，凡從那裡走過的，都要向四面看看。賣零食的老人、售紙菸的小販，以及戴了方翅穿了厚鞋的旗裝太太，與下學歸來的兒童，走到那裡，也都要把臉貼在鐵欄上向裡望望，並且臨走時放鬆了腳步，並非急急地走過。

我是他們中的一個，並且因為自然美的引誘，與每天的習慣，更是「不厭百回」地看。

有一天，剛打過七點三十分的鐘，我就匆匆走出寓所。方出巷口，立刻使我的感覺落入了另一個境界。融暖輕散的晨風，吹過對面的花叢，那些清香又甜淨，又綿軟，竟把我昨夜埋下的胡亂思想，全部消融。只感到陽光的明媚，和人生的快樂，幸福。而且在這片刻的思想中，不知從哪裡來的魔力，使我彷彿覺得真有個「造物主宰」，散布下許多快樂的種子，種在每個人的心裡。腳步驟然間迅速起來，由對面街口穿過街心跑到西面來。啵啵的一輛紅色汽車，從我身旁擦過，幾乎沒有將我撞倒，但我這時並沒有半點恐怖與謹慎的心思，只看它在微動的街塵中馳去的後影。

「好美麗的花！」我心中這樣想，我的面部卻已貼近司法部大院前的鐵欄上。只看見纍纍如絨毯般的紫丁香花，在枝頭上輕輕搖曳。而耳旁卻有許多音波正在顫動，這種音波，是從街上和小商店中傳來的。

我正在看的出神，突然有個景象，把我的快樂觀念打退了。哦！漸漸的加多了！那個自以為是首領的人，開始喊出怒暴的呼聲。原來在丁香花中間，平鋪的青草地上，我忽然發現了一群奇異的生物。他們穿了半黃半黑色的衣褲，頸上腳上，都帶了鐵鏈。他們也一樣的很整齊，是衣服形式很劃一的隊伍啊。他們在春日的清晨，拂動著花枝，聽著小鳥的歌聲，來住在這所高大建築的陰影下的花院裡，努力工作。誰說這不是快樂的生活？比著那些成日在工廠裡、街道上，作機械般的工作者，不舒服得多嗎？這是我乍見他們這等情形的第一個思想。

他們在四圍的鐵欄裡，拿著各種器具：帚子、鐵鍬、鋤、繩索、木擔、筐子，正在各按地位工作。他們沒得言語，走起路來遲緩地、懶散地，沒點活潑氣象。他們真沒受著溫風的吹拂，沒吸到清爽的朝氣，更沒嘗過花香的誘惑？工作！工作！枝頭上婉轉生動的小鳥，似乎在嘲笑他們了。

是他們的幾個首領吧？戴了白沿高頂的帽子，青制服，皮帶下斜掛著短刀，還有種武器在手裡拿著，就是黃色籐條。「笨東西！……哼！……難道只會吃飯嗎？笨小子！……誰教你愛到這裡來！……你的皮肉不害臊吧？……」幾個紅面膛、粗手指的首領，即時怒喊起來。我聽到了「誰教你愛到這裡來！」這一句話，突然使我原是滿貯了快樂的心，迸出一種刻不可耐的疑問來。「美麗的晨光，可愛的花木，誰也愛到這裡來。不是這個鐵欄的阻隔，我也願到裡邊去，坐在草地上，嗅著甜淨與綿軟的花香，是怎樣的快樂，更是怎樣的難得的地方，在這人煙紛雜的都市裡！不過是一欄之隔罷了，有誰不願到這裡來？為什麼你要發這種問話？」我心中想著，然而他們——囚犯們，卻悚懼不安起來！更謹慎、更殷勤地工作。草地上不多時便齊整了許多，潔淨了許多，越發加添了花枝招展的美態與春日的光明。不過他們似乎沒有感覺得到。他們的首領仍然是一份嚴厲面孔，監視的態度，像沒有感覺到花香與春光的可愛。

然而我初出門的勇氣與純潔的快樂，到這時候，也漸漸降落下來。

哦！北邊大理院裡的大鐘，發出沉宏的聲，正打過八點。這種警動的音波把我從欄邊喚醒，忽然想到我也有我的事呀。便匆匆離開鐵欄，往南走去。而他們和他們首領的表情、面貌、言語、動作，一直使我在聽講心理學時，還恍惚在我眼前。

「人們的情緒與感覺的轉移，是不可思議的。一樣的明月良宵，為什麼有的狂歌飲酒，有的傷心灑淚呢？一樣的一種好吃的食物，為什麼快樂的人吃之唯恐其盡，而愁悶的人不能下嚥呢？……思想的變遷，由於所處地位的不同而有差異，而情緒與感覺，也不能一律。……」我在座子上，以先並沒有聽到先生說的什麼話。忽然這幾句疑問式的講解，觸到了我遲鈍的聽覺，我不禁暗中點頭。繼續聽下去，卻越聽越不明白。揭開我的洋裝本子看去，哦！原來他早已開始另講一章了。

那片刻的經驗又蒙上了我的心幕，天然的景物，與他們的面貌，又恍若使我置身鐵欄之側。

新經驗的催促，卻提起我的記憶來了。

方才經過的事實的餘影漸漸黯淡起來，新顯出了一個多年前的心影。冬夜月下，在清淨與寒冷的鄉村街道中，我彷佛聽見喧呼歡喜的聲音，雜沓的步聲，追逐著、踐踏著刀刃的相觸聲，哈哈！……哦！……啊哈的人語，帶出可怕與騷動的意味。

那段使我難忘的記憶——

那年的冬日正是永可紀念的冬日。各處革命軍報告捷音與獨立的電報，新聞紙上不斷的登載。我們僻遠的鄉村中也知道了這種消息。可是那時，我正是年輕孩子，偶然看見，不甚關心。不過覺得心境上有種新鮮與變換的希望！十月過了，十一月又到了末日。天氣冷極了，鄉村的道路上堆滿了白色的冰雪，太陽每早從冷霜中升起，到了將近晌午的時候，方才明朗。有一天忽聽得鄰舍人家都說：我們的鄰近什麼縣城也獨立了，縣官跑了，有的說已投降了革命。其實什麼是獨立？什麼人是革命黨？大都說不清白，但人人覺著大的禍事與大的轉變都是不可免的了；也要在我們的地方出現。又一天，忽然有人說：縣城的北門樓上也懸起白旗來了。這個消息，迅速的傳出去，鄉村中人人都有絕大的驚異！後來的消息更多起來。募兵，捐款，修築城牆，要人人剪去髮辮，這都是鄉下人做夢也想不到的，弄得人人不知怎樣方好。其實他們也並不害怕，只是如墮在迷網裡，不知是怎樣的一回事！末後，更有一個分外驚奇的消息散出，說是縣城裡的獄囚都全行放出，一概免了罪了。「他們出來做甚麼？誰有權力能讓他們出來？他們要上哪裡去呢？」這是鄉村中誠實老人們的疑問，是在茅屋中油燈下吸著煙悄悄的對話。

那正是傳出末後的驚異消息的第二夜。當天還沒有黑影籠罩的時候，在北風的怒號聲中，卻從我們那個鄉村大道上，過去了百幾十個人。其中似乎也有鄰村的一些勇壯少年。他們有的斜披著衣服，有的帶著棍棒與舊式的刀矛；有剪去髮辮，卻也有盤在帽子裡的。他們衝著北風，從村中經過，有幾個唱著「跳出龍潭虎穴中」的皮簧聲調。他們過去以後，便聽見村中的幾個老人低聲道：「今天晚上，咱們得早早熄燈，關門，睡覺。這群……是去接牢獄中放出來的囚犯的。大約在半夜，他們同那些人，要由城中回來。」於是這一夜從夕陽剛落下地平線時起，我們村中就下了消極的戒嚴令了！有小孩子的人家，更恐怕因無知的哭聲惹出禍來。早揀些好吃的東西，哄得不知不識的孩子們，伏在被底下作幼稚之夢去了。滿街上只有明月的冷光，照著融化不盡的冰雪。什麼聲息也沒了，如死的鄉村之夜，寂靜，沉默。我那時並不是很小的兒童了，同一個將近十歲的小表弟，還有一位常給我們料理點事務的張老頭在一處。他是將近六十歲的老人了，他所經歷的危險與到的地方，在左近的村子中沒人能比。我們三個人，在我家靠街的書房中坐著，圍了一個小小的火爐，燃燒木炭。慘白的月光，從窗紙上穿過。我的小表弟是前幾日才來的，他幼弱的心中，在那天晚上，也受了一個迷悶的打擊！大人的訓令，使他不敢多說一句話。倒是張老頭反倒精神興旺起來。他覺得這等事，實在沒有恐怖與戒嚴的必要。他吸著長桿旱菸，拈著鬍子，正在撥弄木炭的白灰。他還時時低聲說些他從前的冒險事，在山中走路，遇見盜賊打架……因此，我同小表弟更不想睡了。

張老頭正談得高興，起初還是啞著喉嚨低聲說，後來他說話的聲音，越談越高起來。小表弟這時也忘了恐怖，開始跳躍起來。

甚麼時候了，我們都沒想到。

一種由遠來的喧叫與狂呼的聲浪，從夜的沉寂中破空而起。張老頭的話突然停了。小表弟顫抖地拉著我的手，伏在我的懷裡。

聲由遠漸近，彷彿屋子也被人聲震動了！張老頭不禁把雙手離開了火爐。狂傲的呼聲中間雜些笑語，還有木器、鐵刃碰撞的音響，從街道上傳來。步履聲雜亂而且急迫。「歡迎！……歡迎！……出了牢獄的夥計們！再不作欄中的人了！……殺呀！……哈哈！……」這種駭人的聲，任誰聽了，身上也有顫慄之感。小表弟伏在我身上，連動也不能動。聲浪越混亂而擴大了。張老頭輕躡著腳步，從窗紙縫向外望去。我正想慢慢地拉他回來，因小表弟在我身上，他嚇得那個樣子，我推不開他。

一陣騷亂的喊聲又起來了：「……歡迎出牢獄的兄弟！……再不作柵欄中的人。……殺啊！……」又是一陣紛亂的走步聲。越去越遠，而歡呼的餘音還震得窗紙發顫！張老頭挪步過來，嘆口氣道：「出了柵欄了，放出來！他們去迎接從牢獄中放出的囚犯。真不明白，什麼值得這樣的出奇！唉！什麼世界？……怪不得我也老了許多了！……」那時我忽然想到牢獄中的夥計們，是住在柵欄式的屋子裡。

直到如今，我才明白我的觀念錯誤。原來歡迎者所說的柵欄正不必是一排一排的木椿堆列成的房子。

一欄之隔罷了！由這個春日之晨的新感覺，聯想到童年的經驗。

下課鐘響了，我究竟不明白這一課的心理學講授的是甚麼。

一九二二年一月

警鐘守

沉黑的密雲下，一片紅焰微吐的火光，瀰漫在東北一片房屋的上空，映著灰色的天空，下綴著遠望如嵌著散星的電燈中，現出一個奇異而驚怖的色彩來！

死氣沉沉的冬夜，已是過去了一半。

都市中的犬，也喪失了牠們守夜的本能。因為白天的光與黑夜的光，白天的聲音與中夜的聲音，複雜、混擾、刺激、喧嚷，無知的家畜，更哪裡有判別的能力。牠們華美的，柔順的，只是供在紳士們與夫人們的手杖下，與長裙邊的有生命的玩物罷了。那些大的粗毛的猛烈而不馴順的野犬，卻一樣也寄食在這個奇怪的大都會裡，和街口上的叫化子爭點殘食。然而牠們都一樣是把在鄉野中真純的知覺與感動喪失了。牠們在這個朔風吹得勁烈的冬夜裡，各自尋牠們飽食以後的生活去了，任街上巷裡，有什麼景色與聲音，也不能攪擾牠們安閒的，懶惰的，畜類的幻夢。

在古樸的鄉村中，若有夜中的火警，你必定聽得到鑼聲的連響吧！你必定聽得到人們沿街跑著的急切而求救助的喊聲吧！尤足以使你驚起的，必是無數的犬聲，由鄰舍的家中，不斷的吠出。

然而在這個大的都會的夜裡，正是各種聲音在繁盛的地方開始喧鬧的時候，而犬吠聲，卻從聽不到。

遠處，很遠處的東北方的火光，漸漸升高起來，紅的火星，也往沉沉的天空中射得越多，從夜色迷茫中細看，可見煙氣的突冒。

一片大廣場，場上已蓋了一層白色的霜痕，在夜中也可看得出白白的細粒的光華。場的一角上，卻有個木頭的高大的建築物，在一邊矗立著。這是最靜僻與最空閒的地方了。木頭建築物的南邊——相距約有半里的遠——卻是一個枯葦遮住的池塘。

正是遠處的火光射發的時候，這個地方是四無人語，也沒有人從這裡經過。在靜默中，忽然有個急迫與匆匆的皮靴聲音，踏破了這處的靜寂。黑影中現出一個人身，飄忽地越過廣場，他足下踐的薄薄的霜華，在極靜中有點細響。但不是聽得到的細響。他跑到木頭建築物的下面，由他的黑衣的袋中，取出一個粗大的鑰匙來，開建築物下面的木門，由鐵鎖的撞動聲中，可以見出他匆忙而著急的心思來。

不多時，他輕捷的身體，已在建築物中間，四面敞露的螺旋形的樓梯上面。他由木架的當中，可以一步一步地由高處遙望四圍的事物。但他在朔風吹動的木梯上，只是提起衣服，一直往上走去，並沒來得及將他的眼光，從黑暗中往別處看去。一層過了，二層，三層。登登地腳步聲音，越往上去，他腳底下的音越為沉重。轉過第四層的梯子，只有五六級，他並步跳上去，已到了最高層的木頂下。他喘息著立定，方往東北的方向看去。他不禁從氣顫的音中，迸出一個「哦」字來，他說這個字，急促而且沒有餘音，並沒有將這個字的後音說清。也或者是被半空中尖利的風，嘯回去了。但是他為職務心與同情心的打擊，便不自知的緊隨著說出那個「哦」字以後，就開始用顫抖的手指，扯動最高層的樓頂上面的警鐘。

原來他是一個守夜的警士，這個建築物，便是為火警而設的警鐘樓。

尖銳與淒動的鐘聲，在寒夜中含有混亂的聲音，響了起來，開始打破了這一片空地的沉寂與靜默。他一手扯動擊鐘的繩索，一手扶住木架。自己覺得高處的風，從領口與袖子中穿入皮膚，不禁打了幾個寒噤。原來他自從用了自己青年的光陰，學習了警士的知識以來，關於這種事，還是第一次遇到。他往火光明亮處，用盡眼力望去，看看那興奮的火光，從看不十分清楚的房子中噴出，忽而煙氣散漫，忽而紅焰直吐。同時，他的耳中，也似乎聽得有些嘈雜與嘶啞的聲，從火光下面傳出。但是距離得很遠，聽去如聽著隔了數層樓上留聲機的微音一般。他呆呆地立定，雖在冷風裡，尚不甚覺得寒冷。只是一片感動與驚奇的思想，將他周身括遍了，圍住了。他似乎並沒有覺到他是在什麼地方。忽地從火星亂迸的火光中，遙遙看得一塊大的東西被無量數大的火星與直冒的煙氣衝起，上升到空際，並且即刻沉了下去。即時聽得火光下面的人聲，喊呼與騷動的聲音，也大了一陣。他在這個警鐘樓的最上層，陡覺得心上幾次的跳動，身子閃了一閃，幾乎沒有從上面滾下去，左手的繩子，也不經意地放開。

突來的驚怖，使他在這時的思域，另換了一個境界，使他多年的記憶，作出一片過去的幻影來。

鐘聲斷了，寂寂的廣場，又復歸平靜。但空中的黑雲，已降得很低，似乎要將這個高大的警鐘樓全行吞吸去。朔風吹著池塘一邊的枯葦，索索落落地響。他在這等景色與聲音中，便不自覺地使自己潛隱的意識，重複記憶起來。

明月的疏陰影下，罩住一所臨著小小溪流的茅屋。這所茅屋，在平坡上，是孤獨的，四無鄰舍的。茅屋四圍，用荊棘編成不整齊而紛插的籬笆。有些開敗了的野花，和枯落的黃葉，堆在籬笆下面，也從沒有人去打掃它。那時月光已從遠處的山峰射下，小小的天然的院落中，只聽見些在牆角邊的促織兒的鳴聲。半明的油燈，映著石頭築成的牆壁，從黯淡的影中，教人看去，特別有些陰森的感覺。屋子中用石堆隔為兩間，卻似石窟一般。大石堆隔成的裡間，在當地上，正有個四十多歲的婦人，坐在那裡，含著淚，用手紡車，在那裡紡績。那種手紡車，是古舊的樣式。白線纏在上面，她無力地用右手去轉動把手，使得白色的線花在暗暗的燈光底下，成了奇異的圓形。燃燒著豆油的瓦燈，放在手紡車的旁邊。而右邊卻坐著一個十五六歲的姑娘，正在用她破了皮膚的手，將線放在小小的木架上，縷成直而有條理的形式。石壁的外間，月光照的當地上，正橫放了一口棺木。白色的木紋，映著月光，尚可看清，棺木的尺寸，並不很大。

無盡的曠野，全籠在神祕的靜默中，獨有這所茅屋中的燈光與婦人的嘆聲，及紡車的嘶啞的聲音，各個單調的音相和成淒咽的合奏，來衝破這秋夜的寂寥。這個四十餘歲的婦人，穿著很單薄而補綴的粗衣。燈光照著面容，已是黃瘦不堪了！她與她的女兒，各自工作著，各自照常地沉默。她的女兒，自從極幼小的時候，便已過著這種清寂生活，過慣了，自然就養成了她沉默的習慣。她們不幸的命運，任管如何，也非常明了，是沒有什麼希望，沒有些許光明，足以提高她們這個窮苦而慘淡的家庭的生活。所以更是含了沉憂的淚痕，往心靈上藏貯。而三日前新遇的大不幸的發生，更把她們的心打碎了！

在沒有言語的屋子中，突然有小孩子的哭聲，由床上喊了出來。這可是一點生機呵！彷彿在墟墓中的陳死人，有復活的希望的一般的生之衝動！中年婦人的一線希望，對於全世界說，也只在此天真的幼稚的哭聲中了。她還沒來得及起身，那個姑娘早已從蒲子編成的圓形的坐位上，輕捷地立了起來，到床邊將一個小孩子抱在她的膝上。一面用手拍著他道：「弟弟！……弟弟！你做夢呀！……」她的母親，卻微微將頭抬起，從紡車的音中，嘆了口氣，便又不住手地工作起來。她的女兒膝上的小孩子，就是她的唯一的七歲的男兒。他從甜靜的夢中驚醒，坐在他姊姊的膝上，兩隻小眼睛，看著他母親手底下的線花紋轉成一個圓形。在他幼弱的心靈中，以為是個奇異不可思議的魔花，在他眼前亂轉。他不知他母親手底下的工作，是為的支持他全個家庭的生活的工作。他更不知這幾日裡他的親愛而和藹的父親，是上哪個地方旅行去了！不過他在前天，也曾見有幾個穿了短服的人，抬進一個大的木匣子來，也曾聽見鐵與木箱撞打的不調和的聲音，更看見他平日常含著笑容的母親，也哭了起來。他在那時，不知是怎麼的事發生，跑到裡間，去找姊姊，卻見他姊姊已經暈倒在床上的破被中間。

從那日起，他照常地在山下平坡中跑，照常地往樹林中去，同著遠處來玩的小孩子，去捉促織；照常在樹林中一到了早上、過午，遙遙地看見那個龐大如飛的鐵車的煙痕，在半空中馳逐。什麼事都與昔日一樣，完整的世界中，似乎並沒有什麼東西損失與缺少。不過每到遠處小小的車站上的電光明亮的時候，卻不見他父親背著黑布的包子，拿著笨重的錘子，勇敢的步履，沉重地沿著鐵軌，從山下走了上來。

及至他在樹林中游倦了，跑回家去的時候，也一樣覺得心上似乎有點東西忘掉了。而屋子中卻多了一件大的木頭作成的東西，放在窄狹的屋子中，太擁塞了，並且覺得有點使人恐怖！他每看見他母親，姊姊，總是臉面上都有不乾的淚痕。並且他們所穿的衣服的顏色，也似乎有點微微的改變。他是很聰明的兒童，他因環境上這等大的改變，也很奇怪地使他幼稚的心思添上重重的不安！他開始覺得什麼事情，都漸漸有了變更！他也突兀地以父親現在那裡的話，問過他母親，但母親哭了，他終於不敢再問了！或者是兒童的心理作用吧！他這兩夜的睡眠，便不如以前的安寧。

夜氣深了，淡暗的燈光，也越變成慘慘的顏色。他再不能去安睡了。斜欹在她姊姊的膝上，眼光自然地每每向石壁的外間看去。他既不是感到寒冷，更不知什麼是恐怖，不過總覺得漸漸不安起來。他也開始從細微的感觸中，覺得他姊姊的身體，有些顫顫。窗外的尖風，由石縫中透過，將地上的油燈，吹得火焰亂搖。

寂極的恐怖中，他母親的淚珠，便沿著枯瘦的面頰流下。

一陣風，從外面將油燈吹熄了，同時也聽得門外有狂吼與劈拍的音響。而窗外的樹葉子，也從乾澀的音中，發出令人驚詫的聲。他覺得他母親溼而冷的臉頰，同他的額部貼住了！但他並不拒卻，仍欹在姊姊的膝上。在三個人偎抱的中間，互感到顫抖與母親及姊姊絕望的嗚咽！

燈光沒了，紡車的聲音止了，只有這等微細的感覺與溫熱的淚痕，來留住這個淒涼恐怖之夜！

又是一個孤苦的境界，又是一種人生所歷的漂流的浪痕。他的記憶，回轉到十歲以後的生活。

母親嫁人了，將他的姊姊也帶了去。生活的逼迫，使得他母親不能不棄了十年相守的山前的石屋與屋後的已有青草的墳堆。另嫁與一個在車驛上作運夫的鰥夫。她的嫁人純由於生活的迫壓，這其間並沒有絲毫的愛情的關係。他後來並且也知道當他母親隨著那個赤面高大身量的人走出石屋去的時候，她慘苦的心中，是貯滿了無窮的熱淚與對於前途的忐忑！他自己呢，是寄養在他的舅父家裡去了！舅父住的，離這個荒山的地方很遠，須由火車去的。那時的事，他永遠如在目前。紅了腮頰的姊姊，蓬著頭髮，穿了粗藍布褂子，卻已將髮辮上的白頭繩，換成青色的。這都是遵從那位高大而赤面的男子的命令，因為那位男子，似乎有了新的統治權，與管理財產權了。

姊姊抱了他。顆顆的熱淚，直往他嘴唇上滴下。母親呢！正哭在屋後的墳堆上！

那是夏日，赤熱的太陽，正曬的人身上發燒。舅舅，——將近六十的老農夫——面容枯瘦的母親，蓬髮的姊姊，都立在那個高大而赤面的人面前。一邊更有個形容很嚴厲，時常偽笑的老婦人。他們似乎是已經將獵物尋獲得的勝利者，而他也知道親愛的人都要去了！他將開始到一個生疏與遼遠的地方去了！他未明白的童心中，也感得顫顫的，不知怎麼方好！回頭看見那個赤面的人，正自用斜楞的眼光看他，便覺得打了個寒噤，把要放聲大號的眼淚，嚇回去了。他在太陽的炎光底下，看見他那龍鍾的舅父，面上全然為汗珠所占滿了。並且汗珠，從他那蒼白的下鬍的尖端上滴下來。

從此後，他就住在舅父的農圃中，也有幾個小的表兄弟，和農舍鄰近的兒童，同他玩。吃飯也覺比從前較好一些了。不過他初來時，一些兒童們，都學著他的說話，或聽他說話都遠遠地笑他。其實他聽他自己的口音，和他們的言語，並沒有很大的差異。

舅父家的人們多得很，他也數計不清。不過一天天，終是在廣大的田野裡忙碌。他自然也追隨在後邊，跟著工作；他有時想起山中石屋的生活，便去記憶以前的印象，卻逐漸模糊起來了。

一年過去了。他有時也聽得有人與他舅父談話，似乎是說他母親的事。他既聽不明白，他舅父更不要他問詢。不過在他這種白天打稻草，晚上吃粗飯的生活中，時常見他舅父看著他，唉聲嘆氣。並且有時與鄰舍的老人說起他母親的事，便淌著眼淚。

至於他那時對於這事，自然也有些懷疑，然不半個鐘頭，便忘了。已把心思用到捉鳥兒與追野兔的事上去。但看看他那為生活所重壓的舅父，卻似一天一天地衰老。

在三年後的一個夏夜，他那時已經十二歲了。已經能替他舅父做很有助力的工作了。他已變成一個身體頑健而氣力充足的兒童。那時候空中的飛蠅與蚊子，正在農場上作出討厭的聲音。滿綴了無數繁星的天空，雖在夜中，也似有藍光在上面浮動著。不可數計的樹上的蟬聲，總是不斷地鳴著。他舅父的門前，也設了幾個座位。有許多在這個農村中作領袖的老人們，和他舅父，拉長了聲音，作種種解除疲勞的閒談。但聽舅父的聲音，卻從倔強中發出乾澀的聲調來。

可愛的夏夜，正是農人恢復疲勞的良時。就是小孩子們，也捉著迷藏，唱著山歌，並沒有去睡眠的。

突然一個奇異。出人意想之外的事發生了！一個異鄉的婦人，蹣跚著到這樣快樂的地方來。她已沒有整齊的衣服，說話也沒有氣力，並且滿身都有傷痕。一個奇異的打擊，是她帶了來的！於是喧嚷與驚訝的眾聲之下，都道：「阿仔的媽來了！……阿仔的媽來了！……」而可憐的婦人，也便躺在地上不能動轉，只有呻吟的口音。

第二天他才明了這事的真相。哦，三年沒有見面的母親，如今幾乎成了包了皮膚的屍骸。平常好笑，與常向他小時的面上接吻的阿姊，竟已死了！且是死在火中！唉！何等的不幸！突生的慘劇！這一來，他多年埋藏下的記憶重複醒來。這一次，可給他心上永遠劃下了深刻的印痕，再也洗滌不去。

原來是這樣的事，這是聽他母親臥在床上說的。母親的後夫，是個性情凶暴而好飲過量的酒的工人。他營獨身生活，本來慣了。如今加上兩個婦女的分享，雖說有家室的快慰，然而竟把酒鬼養成的脾氣來衝犯了。本來為快樂而結婚的，然那嗜好的迫壓，卻將他更變成一個暴厲而冷酷的人了。可憐的母親，為著吃飯的問題，便又添上些煩惱。他是常常不回家的，或者常常由村鎮中喝了酒回來，叱罵著，有時便臥在門外，同死狗一般。這樣的生活，母親同阿姊也過慣了，她們更不知怎樣才好！母親，因恨悔與懊惱的心思，不過二年的時間，已種下了難治的病根，伏在她那久歷勞苦的身體中。但仍成日作奴隸的生活罷了。

就在這個使人驚恐的事發生之前，那天，母親的後夫，從村鎮中回來，已經是半夜的天氣了。母親同阿姊，早已因為困惱的疲倦，向夢中去了。那赤面的人，趁著月光顛蹶地回到家中，大約是口渴吧，便在她們臥室外的灶下，生起火來，弄水喝。這也是他過於酒醉了，竟不與平常一般。其實他在夏日，向來是飲涼水的。他過於醉了，不知怎的燃起火來，卻睡臥在草堆上。於是火起了，母親在夢中驚醒，由火窟裡逃出，只是可憐的阿姊，竟然藏在火燒的茅屋中間。而赤面的人，也從此後不能再見了。母親受了遍體的傷痕，好容易找個人將她送到舅父家。

然而沒有十天的工夫，母親也閉了眼睛去了！

哦，那死時的慘情，與母親的悲傷而苦痛的呻吟聲，使他完全記得！他尋思起來，便覺得無神而光弱的臨死時母親的眼光，向他流連著；凝視著，悲戚地向他看！

距那個時候，又是十年。然而他竟由荒涼的鄉村，到繁盛的都會中，補了這個職務。母親啊！姊姊呵！蒼髮紛披的舅父！他們都作了過去的土堆中的人，人生的幕影，又過去幾層。他想著他已入了一個淒惶與悲感的世界！唉，他卻正升到冷冽與搖動的高頂的鐘樓上呢！

一小時的幾十分之幾呵！舊事的幕光，活動起無數的圖畫，在他腦中轉換。月夜的石屋，紡車的啞音；白色的棺木之一角，阿姊的溫熱的嘴唇，蒼發舅父的嘆息，傷痕亦腫的母親的遺體，唉，思想與感覺，和非真實的觸覺，都聚集在警鐘上層他的身上與腦中。他忘了他的職務吧！忘了他所在的地位吧！並且忘了初上樓級下層的勇氣與同情心吧！

眼界所及的火光中，人聲的喧嚷，漸漸靜了下去。火光也或者是熄了呢。耳旁撲嗤的一聲，飛過一個小小的動物；一個營巢在樓頂上的鴿子的翅膀撲動的聲音將他驚醒，無意識的手上所扯的鐘，又復無秩序的亂響起來。

一九二二年二月

山道之側

山道之側

當我們由南口早行的時候，四月的早晨，東方還明著春夜之星，不過清冷的風吹在面上，也留下些夜中的寒氣。北望重疊無際的山嶺，都似蒙上了一層朦朧的晨幕，從輕細的感覺中，似有些清露沾在我們的臉上，但卻不能看見。

這個早旅行，是我們來這個地方前就預定好的。本來由南口往八達嶺，可以乘火車到靠近八達嶺的青龍橋車站下來，再從窄狹山道，便可到八達嶺的最高峰。不過那太安逸了，且不能從容地得到山中遊覽的興趣，所以我們約定於那一日絕早，雇驢子爬山去。因為從南口到八達嶺，要騎在驢子背上走多半天的山道，比較吃累，但在這艱苦的道中，可以細聽嗚琴峽的流泉，遊覽居庸關的偉大殘跡。

越過京綏路軌道，向東北行去，即時入了山裡。淺澗中多是鵝卵大的石子，驢子走起來一顛一簸很吃力。我這時心中浮滿著快樂與新希望！回望從南來的白色煙下火車的巨影，知道在這個活動的軌道上，又載了一些和我們有同等興致的夥伴們來了。

潤爽的朝氣，已將無量數的山峰籠住。我在驢子背上，無意中嗅著山中清妙的香氣，想是由萌發的草木與流泉上蒸發出來的？向前看，重峰疊嶂，突兀的石壁都分列在這條向上彎曲不平的小道兩旁。同行的是我一位同學，和一個跛足的驢夫。他有四十多歲，穿件粗藍棉布短襖，腰間用黃色草繩鬆鬆束住。雖在春天，他還戴一頂青裡透黃的氈帽。光著腳，套雙汙穢的草薦子。因他的左足踝骨向外突出了一塊，使他走起路來，便一拐一拖的了，幸是山道難走，即連常走山道的驢子也是慢慢的放牠們的蹄聲。他雖走的費力，卻也跟的上。

初入山的小道，尚在山下盤旋，後來越走越往上去，兩面高高的青灰大石積成的石壁中間卻越發窄狹了。驢蹄踏著細石下的細流，瀌瀌地響。因一上一下的顛頓，我的大衣在驢背上掉下好幾次來。多是跛腳的驢夫，由地下撿起交與我，而且他還精細地打去衣上的微塵，我心中不安地接過來，仍舊放在驢背上。他只是揚著他手中半段的皮鞭，口中喊出特異的聲音，催動驢子的速力。一會他又唱起山歌來了，我不能完全懂得他的句子中的意義。山中沒得鳥鳴，他這歌聲，伴和著驢項上沉重的鐵鈴聲，打破空山的沉寂。

你到過居庸關邊，你便知道那些山巒是怎樣的偉大與奇異。山上沒有好多樹木，而蒼老的苔痕與奇突的石塊卻已值得使你驚訝。我愛山石上的蒼苔與小澗中的細流。聽著那些微細的水迸在石子上，像把自己的靈魂在其中清洗一樣。我正自胡想著，忽一件意外的事發生：原來我那位年輕同學騎的那匹褐色驢子，被一塊大石絆倒，那位同學便跌到驢子的頭前去了。及至我下了驢背以後，他已起立，大聲說驢子太壞。誠實怯弱的驢夫呆立在一邊合攏了厚重嘴唇，忽然他拭著眼淚，嗚咽起來。我問他，他說：「我生平沒曾被人打過啊……哇！……」我笑了，那位同學也笑了，我便拍他道：「打什麼呢？……你沒看見那位先生早走了哩。」他一看，果然他那匹頑強褐色的驢子，早駝著那個好弄的同學，走在前面去了。於是他又呆呆地微笑了，他嘴角上鬆散的垂紋，重行收起。

陽光由最遠的山峰升起，我們看見柳葉上浮著閃動的金光了。溫軟的光明山中罩遍，許多澗底下的小草，似乎也都舉起頭來，來歡迎這個四月之晨的日光。我們這時已走入鳴琴峽了。我覺得這裡比地平線已經高了好多，可是連亙的高高山峰還沒有斷處。我看著早晨山中的景象：偉壯的岩壁，嫩柔的野花、日光，金光的柳葉，還有跛足的驢夫，與他的豎了耳朵步步往上走的驢子，使我十分興奮！

「嗄！」前面的一個語聲，從我那位同學的口中發出。他停在道旁一塊三棱大石前面，我的驢子也到了。看他對石的一側注視，我自然也俯著身子看。哦！原來是用鉛筆寫在凸凹石面上的一行字：「某年某日，程某來游。」怪不得他曾說他可以作我游這個地方時的引導，原來他已來過。……跛足驢夫已催著驢子往前走去。我於是記起我的一句詩來，「到底是跡象的人間。」在這條道上又多了一層遊蹤了。嗚琴峽的水流聲是令人慰悅與想念的，可在剎那中便過去了。那時陽光已把全山照遍。約計走了二十多里的山道，我們都覺得有點疲勞，跛足驢夫可照常的一拖一拐跟在驢子後面。我們走上一個山崗，即刻又看見鐵道在山下沿著石壁緣附著，遠望白色的蒸汽，從半天中散下來。山崗中凹的地方，卻有小小山村，不過十幾家人家，一間臨著陡崖的屋子，門前大石塊前放了幾條木凳，這就是山中小店了。我們下了驢子，坐在木凳上向他們要了些雞子、白水，取出帶來的餅乾吃著，也分給了跛足的驢夫一些，他一邊吃著一邊打鄉談，同山店的主婦談起來。

我們先前沒留意右邊大石塊上早有一個人斜坐在那裡，看去是個壯年男子。衣服卻不和這些村人一樣，穿了樸素的長衫，銜著一支香菸，沉鬱的面貌從菸氣中露出，我突然覺得奇怪，不知他是哪一種人。

但跛足的驢夫卻時時偷看他，有時驢夫走的近前幾步，似要同他招呼，終於止住。

野餐以後，我們都覺得春日的暖氣襲人，加上半天疲勞，有點睏倦。黃蜂懶懶地在山坡前的亂花上飛。兩匹小驢子也把眼睛閉起來。山店的主婦敞開懷在茅屋門檻上坐著乳她的幼孩，孩子起初還嗚嗚地索乳吃，後來也沒得聲息。及至我回頭看對面坐的那個壯年男子，正在草地上小步走著，眼望著山下的鐵道。跛腳驢夫，還在一株大樹蔭下嚼著餅乾，他的眼光不離開壯年的男子。我知道似乎有點祕密詭異的事情。後來壯年男子，見我疑惑的態度，便一直走來，向我道了一聲晨安。多麼奇怪，他說的還是英語呢。我思想上略一遲回，他微笑了。他說：

「你以我說外國話見笑嗎？我看你們是從北京來的學生，所以我說這句英國話。我在北京住過幾年而且伺候過密斯史吉司的。……」

密斯史吉司，必是他的主人了。這句話足以證明他在大都市中的職務。但他以為他的主人——外國的主人，我會知曉的。這時跛足的驢夫同半睡的店主婦都驚愕著，帶有嘲笑的態度立起來了。壯年男子忽然不經意地向我們告別了。

他不再等我的答音，也不向跛足的驢夫與黃髮的店主婦說什麼，懶散地走下斜高的山坡。直到他的影子漸漸遠了，我的目光才收了回來。驢夫也嘆口氣把兩匹驢子牽好，催促我們騎上。這時我遠遠地見太陽照在山下鐵軌上有種燦爛的明光。

春日上午的旅行，最容易使得人懶，況且是在山道中與顛頓的驢背上面。這時雖有溫煦的日光與山色水聲，卻已不似在冷冷的清晨，能引動我們的興趣了。我也開始有點懶困了。轉過山坡又下到一條深澗，細石越多，而可走的道路卻越彎曲了。跛腳的驢夫，一拐一拖地跟在後面，他仍是如跟我們乍啟行的常態，既沒見他分外喜樂，也不見他疲憊，他這種一切如常的姿勢，已經使我驚嘆！我這樣想著，那位年輕的同學，又早將轡頭一緊，往前面趕去。

跛腳的驢夫，一道上沉默著，忽然嘆口氣：「少年人都是好往前跑，吃得虧了，又要埋怨自己了。……」他正任著那匹驢子自由疏散地走去，忽然有這兩句話，禁不住我心中微動了一動。他在後面一面喊出奇怪聲催他的驢子，一面卻又道：

「人最好要一輩子在山裡過活，像我們吧，這條山道，從十幾歲趕驢子走到現在，我的侄子也跟我那時一樣高大了。若把我用火車運到京城裡去，我想著那些彎彎折折的道路，比這個地方難走得多呢！」他的舌音原有些不清，又加上幾句土語，我就僅答了他一個「哦」字，他很興奮地揚起鞭子照著自己拍了一下道：

「就像他吧，就像方才在店旁的小夥子吧！……」

「誰？……」我問他。

「誰？那個壯實的小夥子，在店前走的那個。他若在家裡，種幾畝山地，到冬天吃些白薯，也夠自在的了。不知怎麼從小時候跑到京城去，還給洋鬼子當差事，每次回家來說些怪話，人家都願意去問他，我就瞧不起。果然……自上年回家過節把鬼帶在身上了。……差事壞了，只剩下鬼在他身上，早晚就迷死他！……我可不是詛咒他，有那一天的。自己要找受罪的地方罷了。……」

他講著，他的跛腳似乎增加了健強的力量，已走到驢子的身側。我雖不知道是怎樣的事，因此卻把我的疲倦戰勝了。我一手執著粗繩子，一面看著他，像請他宣布出這段祕密一般，他果然不等我再問他，就繼續著道：

「那鬼是什麼？我也不明白。不過是他從北京帶來的，是從洋鬼子那裡帶來的。不，怎麼在我們這鄰近的山村裡從不聽見過的事，也會出現？……他每到年除日的前幾天就回來度歲，他住小村子，離我們那個地方不過隔著一條溝，也是隔那個山店不遠的。他每年回來，到了正月初上就回去了。可是去年他來家卻穿得特別漂亮了，他本來很會過日子，去年冬天，也穿上帶顏色的襪子，頭髮分得平光滑，也分外愛與我們說話。……在山村有經驗的人都說他現在學得乖了，我也很奇怪。不過我每每在山道上遇見他，總覺得他的臉上另外有種顏色。哼，別人說他學得乖，我卻說他學得壞了。……後來果然出了岔子，不料常在京裡混的人，倒被一個山村女人制住了。我常聽得你們來逛山的人好說什麼敲竹槓，可憐小夥子，被她可敲得苦了。……

「原來是這麼樣的事：在他那鄰村裡，有個裝神婆的老女人。她學會得把式極多：能咒小孩子被魔祟，能用香和水給婦女們治怪病，能用桃木條子驅鬼。她的本事叫人怕，還得信。……他自從去年冬天，有病到女神婆家去求治，弄出這段笑話來。本來他不願去，還叫他的鄰舍慫恿著去的，有什麼病呢？不過是忽冷忽熱，彷彿瘧子。這樣他就在她家中住了六七天，這是去年初冬十一月以前的事了。後來他又回京城一次，沒有二十天工夫，又跑回來，帶了些吃的玩的東西，都送與奇怪的老女人的女兒了。」

跛腳的驢夫，斷斷續續說了這段話，我心中已有些明了了。這時我們因為說話走得慢了好多。我那位同伴，早轉過一個山峰去了。驢夫把襖脫下搭在肩上，又從腰袋裡取出粗竹旱煙筒來吸著。

「唉！那個女孩子也是鬼的託身。竟然與他帶來的鬼合起來了。我自她五六歲時，就知道她只有那個奇怪的母親。可是她到二十歲了，卻不知她母親的本事。她一樣常在樹林子裡掃葉子，在家中紡線，與女孩子一樣。自從認識了他以後，就變了樣，常常在山下的石頭上哭。他呢，有多日沒回京城去，只是終天在女神婆家裡混。誰明白老婆子從他手中用過若干錢？後來便拒絕他在她的家中，可是他託人去說親，她也沒有應過。……」

「以後怎麼樣呢？」我忍不住了，追問一句。

「事情果然變了，且是大變了！」

「就是今年的三月吧？先生，你想從去年冬天到現在，可憐的小夥子，不到京城去，也不做事情，特別要供給女神婆的花銷，有幾個錢全都用淨了。……忽然有一天，女神婆把我鄰村的老人全請了去，說是神的意旨，她應到大地方去了，還教大夥共湊一點盤費。我們聽了，都十分驚怪！東村的教書先生，引用書本上的話挽留她，婦女們甚至哭留；但末後她說那是神的意思，若違背了，這幾村中連一條狗也不得好死。那些聽得的人，總得照了她的吩咐作去。我當時也明知道，可是我焉敢說破。……壯年的小夥子，他覺得實在太出意外了！他要求同她們一同到京城去，但那時他僅有一身破衣服了，她拒絕他，並且罵他不應該到她家裡來，……那女孩子呢，也與女神婆決裂了，且說她已有身孕，情願跟著他過活。……女神婆卻沒有想到，……女孩子幾乎沒有死去。……這樣鬧過了幾天以後，什麼事情都完了。我不知道女神婆是哪天走的。但是聽說那女孩子肚腹裡的小的，被她奇怪的母親硬打下來，丟在山澗裡了。……男的呢，與那女孩子分開了！直到現在，女神婆與她女兒的去處沒有人知道，也沒人去探聽。這是十幾天以前的事。他叫奎元。他從事情決裂後，大約吧，每天總到那個山店前，看看山下火車的來往。……」

我靜靜地在驢子背上，驢夫一拐一拖地走在後面，——在山道之側，他把這篇故事，說到這裡，便不言語了，我沒再問，只是尋思這事的結局。忽然驢夫又嘆口氣說：

「誰明白呀？……我想總是奎元把鬼帶在身上做出這樣的壞事。大家都恨女神婆走的心狠；對於奎元，都說已經受過報應了。因為這事，他不會再有好生活了，死時怕也沒有好結果。婦女們有的這麼說，不曉得她們是怕呀，還是為了恨？……」

我聽他說完，就詳細地問他：

「奎元也有兄弟嗎？」

「沒，連父母都早死了。只有叔叔是個老實莊稼人。」

「出了這事以後他叔叔怎樣？」

「常常靠在鋤桿上嘆氣。」

「奎元不願意再到京城去嗎？」

驢夫微笑了：「誰知道？」

我不問了，覺得無可再問了。驢夫說了多時，自然也就不言語了。一陣溫風，吹來好些柳絮撲在面上。

那一日山遊後，到了第二天，正在十二點鐘，我們又由南口上了往北京開的車。忽然聽車中人紛紛傳說著昨天晚車到六郎像的石壁下軋死了一個人。穿著布長衫，藍絲線襪子，車到的時候他恰好從石壁滾下來，這樣就完結了！我記起昨天在山道之側，跛腳的驢夫那許多話。忽然聽見同車的一位白鬍子的老先生道：「年輕的人就這樣不留神！……」一個少年帶了輕視的態度說：「嘗嘗這等死法倒也是一樁新鮮的經驗。……」

一九二二年四月

微笑

阿根從今天早上，——從最初的曙光，尚未曾照到地上的早上起，他的生活的全體，匆促中居然另換了一個地位。

他現在已被三個司法警察，與一個穿了白色，帶有黃鈕釦的獄卒，由地方審判廳刑庭第二分庭簇擁著走來。他手上帶了刑具，右臂上拴了一條粗如小指的線繩，而一端卻在他後邊走的一個紫面寬肩膀的警察手內，牢牢拿住。正在炎熱天氣的下午四點鐘，他們一起出了掛著許多小木牌的地方廳門首，轉過了一條小馬路，便走入大街的中心，兩旁密立的電竿，與街中穿了黃色夏服的巡警，汽車來回如閃電一般地快，滿空中游散了無數的塵埃，一陣陣只向阿根眼、鼻、口中沖入。而他那幾乎如塗了炭的額上，流下來的一滴一滴的汗球，流到他的粗大的眉毛上，他的手被熱鐵的刑具扣住，所以臭汗與灰塵，他也無能抵擋，只是口裡不住地氣喘。那三個司法警察，卻也時時取出汗帕，或脫下制帽來搧風。而拴在阿根右臂上的繩子，三個人卻交換的拿住。這在他們是彼此慰安與同情的表現，不過阿根卻咬了牙齒，緊閉著厚重的嘴唇，梯拖梯拖地往前走，沒說一句話。

大街旁的一家小菸酒鋪，他在半年前的冬夜裡，曾來照顧過一次。那夜有極厚的雪，將街道鋪平的時候，他由牆上挖過進去的。一個五十多歲的老闆，那時正在櫃臺上打著長列的算盤，對一天的出入帳。他躡著腳走，由一間茅棚下，到那老闆的臥房中去。門虛掩著，他從門縫中往裡看去，一盞油燈，放在一個三條腿的木桌上。由東牆上一面玻璃中，卻看見床上的人，正閉了眼睛睡熟了。他在門外，束了束腰帶，向衣袋裡摸了摸那把匕首，便推門進去。……取了抽屜中藏著的十二元現洋，一疊子銅元票，塞在懷裡。……聽聽外面的算盤子，還在響著；而且那老闆咳嗽吐痰的聲音，尚聽得見。他覺得還有點不捨得就這樣走了，輕身來到放了半邊布帳的床前；這一下，卻把他驚呆了！原來那床上，一床厚厚的紅被窩下，露出的一個二十多歲的婦人的面龐，一頭多而且黑的頭髮，鬆散在枕上；看那婦人，細細的眉與肥白的腮頰，不由使他提著的心，跳了一下！他想：這是什麼人啊？老闆的太太？我是見過的，又哪裡出來的這一個？他正遲疑地，不忍就走，他也不想再取什麼東西了；他不覺得漸漸俯身下去，與那睡熟的少婦的臉，相隔只有二寸多遠，在不甚分明的燈光底下，他便覺得有點說不出的悲哀與惶恐來了！他想怎樣辦？……一陣絨拖鞋的聲音，由外邊走來，他突然醒悟過來，跳了出來，又把房門掩好，躲到門外的堆了木柴的廊下，藉著一堆柴木隱藏住自己。果然那個喘哮著的老闆，走了進來，踏著地上的雪，走到臥房裡去。他仍然不敢挪動一步。北風吹在臉上如針鋒一樣的尖利，他不敢少動一動。

喘哮的老人的笑聲，……燈光熄了，……又聽見婦人的夢語，……他覺得再也不能蹲伏在這個孤冷的檐下，而心想著室內床上的溫暖。但聽見老闆尚未睡著，甚至後來兩個人竟說起話來，他仍是在風雪之下抖顫！兩條穿了破褲的腿，如蹲立在冰窖中，卻還不敢起來。

「才來呀，來占人……家的熱被窩，……」

「小東西！……人還是我的呢！……好容易從小買來，養活了這麼大，……好呵！……連這點還不應該嗎？」

「有膽量向她說去，別盡在我身上弄鬼咧。」

「妳放心！……再有兩天，將就可以了吧！她又沒人管，順子還在別處呢，妳哪管這些事。……哦！我在外邊，算了半天帳，手也麻了，……暖些吧！……」

……下面接著婦人格格地一陣笑聲，阿根這時，不但忍不住身外尖利的冷風的抖顫，並且也按不住似乎妒忌與憤怒的心火的燃燒了！他更不想有甚危險，從柴堆後面，爬了出來，走過向東的一個小院子裡去。好在風大，而且室中正說得有趣，也沒曾聽見。

不過當他由東邊的院子往外走時，還聽見一個彷彿老婦人的呻吟聲，在一間小屋中發出。阿根於那一夜裡，得了一種異常的感覺，便不想再取什麼東西，速速地走出牆外。

這是當阿根被警察帶著去到街市一旁的那個小菸酒鋪門外，所記得起的，他早知那個老婦人，已經死了。他想這許多情形，在一瞬息中，比什麼都快。不過當他斜眼向那個鋪的櫃臺上看時，卻不見了那個黃牙短髮的老闆先生，只有一個十四五歲的童子，在門口立著看熱鬧。

他在這一時中，便記起那個鬆垂了頭髮在枕上，肥白的少女的臉，他覺得有無限的感慨！及至將目光看在自己的手上的刑具上，不免又狠狠地咬了咬牙齒。

原來由地方審判廳，押往模範監獄的看守所，還隔著好長的一段路。阿根自早上九點鐘，被人抓進審判廳去，直到這時，走在碎沙鋪足的街道上，一共有七點鐘的工夫，他不但兩條腿未曾曲一曲，就連一口冷水，自昨天夜裡起，也沒曾沾到嘴唇上，不過他卻是天生的頑健，始終不說一句話，不曾向那些庭丁、警察們，少微露出一點乞求與望憐憫的態度來！其實呢，他既不恐懼，也沒有什麼感動，雖這是他第一次被人拿到，用鐵的器具，將他那無限度的自由限制住。不過當他無意中，重經過那爿菸酒店時，想起去年冬夜的一回新奇的經歷與衝動的妒憤，突然使他有點非英雄的顫慄與悲戚的感覺！他如上足了機械的木偶，跟著那四個與他同來的夥伴們走。然而他心裡，正在咀嚼著那個白布帳下的頭髮香味，與教人不能忍按得住的潤滿而白的臉。他想到這裡，似乎把他原來的勇力，與冷酷帶有嘲笑的氣概，失卻了一半，臉也覺得有些發燒，雖是他的手不能試得著。

忽地身後一陣馬鈴的響聲與有人叱呵的音，三個警察將他用力地向左一推，便有一輛綠色而帶著許多明亮裝飾的私用馬車從他身邊擦過，一個馬伕穿了黑色的長衣一邊喊著「讓道」的粗音，一邊卻向玻璃車窗內瞧。在這迅忽地駛過的時候，阿根早已看明車中斜坐了個將近三十歲的婦人，穿了極華麗而令人目眩的衣服，帶了金光輝閃的首飾。當馬伕往內瞧時，婦人活潑的目光，向他作會意的一笑……在一轉眼的工夫，馬車已走出有十餘步了。阿根心裡卻道：「不知恥的淫玩物！……還裝什麼人呢？……哪裡及得上……」想到這裡，又記起去年冬夜所聽到老婦人的哭聲，他便恨恨地想：「該死！……人類都該死！誰是個人啊？滿眼中都是些巧言與偽行的鬼！……魔鬼！我當然也是一個……設使我再有出來的時候，……哼！」這個哼字，本來藏在腹中，但這時卻不意地由口中冒出，執線繩的警察，從早上本沒有聽他說過一個字，這回聽見由他口中迸出來這個簡單音，不免吃了一嚇，向他注視著。阿根哪願受人這樣，便用大而有紅斑的眼睛，對著這個警察威厲地看，這個警察便低下頭去了。

太陽尚未落山之前，阿根被人收進了玄字第五十一號的屋子中去，一間小而又黑且陰溼的屋子。阿根的視官與鼻官，是再靈敏不過的，所以他一進來，便覺得從溼漉漉的地上，有種臭惡的味衝上來。他知道沒有他分說的餘地；並且這間屋子，想是一定和他有緣，他索性狠狠地呼吸了兩口，彷佛吐氣，又彷佛對於人間威權作消極的反抗一般。他只覺得少微有點眩暈，卻也不見怎樣。然而同他來的警察，都掩了鼻子，快快地為他卸下刑具，命一個人來，教他急速將半黃半黑色的衣服換上，便如逃脫般地走去。兩個白衣的獄卒，向他嚴厲地交代過幾句話，與明天的工作，及應守的規矩。但阿根哪曾睬他們，……不久，兩扇鐵柵欄門，砰硼地鎖上。

阿根自從進來，坐在那潮溼的地上，橫立著腿，在一邊雖有個草薦，他也沒管。將落的陽光，從西面射來，常是陰暗的屋子，比較得明亮了些。一棵槐樹的陰中，有兩個蟬兒爭著唧唧地鳴，隔室中只聽到有人嘆氣的聲音，又有抽抽咽咽的哭聲。阿根冷蔑地動氣！自己想道：「沒骨頭的狗男女！為什這樣無用？你們餓了，只知偷吃，冷了，只知奪人的穿。獸一般地性慾動了，便去汙人家的婦女——我自然也是一樣，不就是去販私貨，偽造貨幣，吃了官司卻這樣蠍蠍螫螫地。沒用的東西們！你們什事都敢作敢想，只是不敢報復！……只有在這沒人管的地方哭，守著拿籐條的人們，免不得又狗一般地趨奉了！……」他一面想，一面咬牙，禁不住砰的一聲，用大的拳頭向磚牆上打了一下，他還沒覺得怎麼痛，而隔壁的人卻「啊喲」了一聲。

夜色來了，一切的黑暗都開始向無盡的空間，散布它的權威，而毒熱卻越發令人受不了。

過了一星期後，阿根也居然過慣了這種生活，每天十點鐘的工作，兩餐的粗飯，雖這樣忙，他卻並不感什麼痛苦。只是他脾氣，常常是不守秩序和好反抗的，因此免不了惹怒管理他們頭目的嘴巴。阿根卻也怪得很，有時頭目怒極了，打過他幾下之後，他明知不可力抗，反而用自己工作的手，丟了器具，自己打起自己來。惹得那些罪犯都忍不住大笑起來，那個頭目也看著好笑，而在他自己，也不知是存了改過，或是加痛苦於自己，以作權威的抵抗的作用？但打過之後，他反將嘴邊的筋肉緊緊的突起，更工作的快些，手裡的斧，砍著木頭，更響得聲大些。

他是在這裡邊習木工的。

在監獄中，是都知道的，不能如平常工廠中一樣。每天除了吃飯，與午後休息一小時之外，是不準住手的。每早上和散工的時候，又要搜查身體，在晚上仍然要帶刑具。管理的人，究竟不比罪犯多，所以他們雖在工作的時候，手是活動著，腳上仍然有鐵鏈繫住，——自然只限於罪情較重的犯人——僥倖阿根還沒有這樣。因為他所犯的是盜竊罪，還不是強盜犯呢。

不過他常常在心裡罵那些罪犯較重的人，因為罪犯愈重的人，看去都越見萎弱而且怯懦的不得了。阿根雖恨那些人，是沒骨頭的東西，但他卻不明白他們當初犯罪時，何以那樣的大膽，現在竟成了貓窠中的鼠子呢？他的知識，當然不能告訴他這是什麼原因。他直覺著嫌惡他們，他卻不再去深思了。

幾天之後，他對於這所謂「模範監獄」中的人與各方面的情形，約略知道了一些。自然並不十分清楚。他的同伴們，只知道手不停地作工，在陰溼地上睡覺，吃頭目們的籐條子，雖住上一年，所知的事，與阿根比較，並多不了許多。因為頭目們的監督，他們是向來不敢說這些事的。平日工作、睡覺、吃飯，如上足了機械般的忙。即在星期日，雖有過午的半天的閒暇，而典獄吏，卻派了兩個人來講演，給這些穿了半黑半黃的衣的男女聽。講演員為每月取得幾個錢，罪犯們樂得有半天的休息，誰還管誰，自然講的是虛偽的鬼話，而聽的也是聽不進去的。然而在模範監獄中，這是個應有而且體面的事件。

當講演時候——只有這個時候，他們可以聚在一起，彼此見面。男女當然有別，而監獄中尤屬嚴格。因為管理的，或作監獄定章的起草員先生們，以為罪犯天生的「性惡」，身上具有傳染人的罪惡之菌。所以認為凡犯這一種罪惡的，那末，其他的罪惡，當然也埋在他們的身體裡。認為這些人的心，彷彿特別奇異。因此，——也許是另有原因，男女的界限之嚴，在監獄中，比較中國其他的任何社會的階級裡，更為厲害。

一天恰是阿根入監獄的第二個星期日的下午，照例他們男女罪犯，一共約有三百人左右，一齊歇了工，由頭目們命令著，每十個人立成一排，兩個執藤鞭子的人，前後監視著，男的在東，女的在西，如上操般地站定。而空場的四圍，站滿了看守監獄的兵士，各人槍上上了刺刀，圍在他們外面。有一個似乎高級警察的頭目，同了幾個典獄吏進來。不多時一個四十多歲留了兩撇黑鬍子，穿件藍布大衫的人，立在場子正中。喊起粗啞的大聲，在那裡宣傳道理。罪犯們固然聽得莫名其妙，那幾個典獄吏，卻像不耐煩地在草地上踱來踱去，銜著香菸，同那個高級警察說閒話。

日光曬得草地上碧綠的小草，都靜靜地如睡著了一般。在不高的空中，時有幾個飛蟲與蠅子飛過。有時兵士們，在地上頓得槍托子響。蟬兒在場中幾株大柳樹上，也似乎來湊著熱鬧，叫得不住聲。

誰沒經過無聊的時間呵，那真可說是最無聊的時間了！戴眼鏡穿長衫的典獄吏們；額上時而出汗的高級警官；奉命令而來的兵士；為麵包而作機械的獄卒們；瞪著無神的眼光，扯開喉嚨亂喊的講員；幾百個奇怪服裝與疲勞的罪人，都同時上場，演這出滑稽戲。他們的心，各自想著，各自聽著，或者閉了眼睛立著，同牛馬般的假寐。但法定的講演鐘點沒到，所有的人，只好立在空場上面，彼此作無同情且彷彿互相嘲笑而冷視的相對。

這一天阿根排在最靠近東邊的一排的後頭，再過七八步便是女罪犯的立處。他們男子和婦女比起來，差不多有十五與一的比例。所以在那面的女罪犯，也不過有二十幾個人。但是其中除了一二個老婦人之外，二十至三十年紀的婦人，卻有二十多個。阿根這時在無聊中，卻引起他觀察的興致，看那些婦女的面貌，多半黧黑枯黃，蓬散了頭髮，也穿著特製的衣服，很少有個齊整俊俏的容色的。阿根心想，這些柔怯的婦女，也竟然到這裡來，實在奇怪得很！他一邊想，一邊又探過頭去，卻忽然看見一個皮色較細白的婦人，正望著演講人，似乎嘆息般地點頭。阿根有點奇怪！而且看她不像極窮苦的人，便忍不住咳嗽了一聲。果然正在點頭的那位女罪犯，也轉過臉來，向他這邊看了一看。阿根看她的面貌不像那些女犯人的凶殘與枯瘦，皮膚也沒有凹凸不平的缺陷，與紅的肉紋在臉上。她和別人同樣的打扮，挽了個蓬鬆的髻兒，在腦後邊，雖說是沒有油澤，滿了灰土，但明黑且多的頭髮，可以想像她在未入獄以前，是個極修整而美觀的婦人。尤其使阿根生一種奇怪的疑問的，是她兩隻眼光，比別人明大，看她在這一群女犯人中，差不多是年紀最小的。

當那個婦人，回頭來看見阿根瞪了兩個眼睛，正在瞧她，她卻若不留心地微笑了一笑，從口角邊的陷窠裡，現出無量的安慰來。然在這一時中，她卻又回過頭去了。阿根直到夕陽下落之後講演完了，他的目光還是緊釘在那個婦人身上。照規矩，他們是不能說話的，而且男犯人和女犯人，並不在一處工作，一處休息，所以這日演講完後，便各回各人那間如蜂窠般地陰黑的小屋中去了。

阿根無論遇到什麼危險，向來他的肚腹，沒曾被恐嚇得停止消化過，而且他的食量，比別人分外大，所以每天在監獄中的餐室裡的那份饅頭，他永遠沒餘剩過一個。每逢吃飯的時候，分作幾間屋子，每屋子外面，雖有幾個白衣的獄卒，與兵士看著，但在室內尚可彼此低聲說話。但不留神，被頭目們聽見，那末一頓藤鞭子，是再不能免的。但是這些剝奪了自由權利的人們，仍認為這一時是彼此可以談話的機會。除此之外，作工的時候，不要說彼此談話，就是偶然住了手，看一看，那些生來不饒人的頭目們，不是踢打，便是惡罵。起初阿根仗著自己的硬性，犯過幾次規矩，管他的頭目，照例責打了幾下。但他沒覺得什麼痛苦，仍然不改，後來那個翹了黃八字須的頭目，氣極了，稟明了典獄吏同了幾個少年的獄卒，將他著實厲害地打了一頓，阿根竟然兩天在陰暗的屋中臥著，並且罰了兩天的餓。從此阿根雖是常常咬牙，但卻吃過藤鞭子的厲害，與飢餓的難過，也安分了許多。只是他常常對人們起一種毒惡與復仇的反抗心！管獄的人們，也看得出，不過除了暗暗地防備他以外，也沒有什麼好法子。他們知道打罵的厲害，但對於阿根卻不能不有點節制，所以對他雖然比較別人嚴厲，但也不輕易去招惹他。

自昨天在空場上，阿根無意中受了那位女犯人報答他的微笑之後，連晚飯也不像每回吃的那末多了。只是胡亂嚥下了兩個饅頭，便回到自己小而陰暗的屋子中去。心裡悶悶地，是第一次觸到這種冷寞的感覺！是自從他入獄以後，——甚至可說入世以後的第一次呢。夏夜的清氣，從鐵窗中透過，這陰暗的屋子中，頓添了許多的爽氣。時而有一個兩個的流螢，在窗外飛來飛去，一閃一閃地耀著。阿根向來納頭便可睡得如死人般的，更不問在什麼地方，不過這天晚上，一樣一個極簡單而情緒是屬於單調的人，也不能安安貼貼地睡去。他覺得似乎有什麼東西，在他身邊煩擾他，他素來渾然的腦筋裡，也似乎有什麼刺紮著般的痛楚！地上覺得分外陰溼，由窗外過來的蚊蟲的聲音，分外使他討厭，躺在熱蒸的草上，過了一會，他便無聊地立了起來，由鐵格的窗中向外望去。明朗的疏星，隱著由樹陰中，透出燦爛的光，一彎瘦瘦的斜月，被那面的屋角遮了一半。遙遙地聽見各個屋中，有時發出一兩聲嘆氣的聲音來，有時還聽得鐵鏈在地上響著。突然一陣涼風吹過，將樹葉吹得刷刷地響。他在窗下特別覺得有點悚然的感動！徘徊地在小而陰暗的屋中走來走去，他這時唯一的心，只是恨這個鐵窗的隔阻！他無意識地用手搖動了一會，卻猛然記起八九歲的時候，有天同了幾個小同學，在河中洗浴，——在夏夜裡的河中洗浴，那時明潔的月亮，如水銀般的光，流動在清清的水波上面。他們幾個小孩子，在水中打著回漩，口裡還不住的唱些山歌，一回兒母親來了，才把他逐回家去。一會又想到初次做這活計的經歷，他便覺得眼中的火花亂迸。因此這半日的工作，竟使他比平日慢了一倍，而且覺得疲憊不堪。好在今天查工的頭目，也沒有細細查到他工作的遲速，臨停工吃飯的時候，他心裡以為這一回可以倖免了幾條藤鞭的責罰。這種心理，在平常的時候，他向來不曾思想過的，不知怎的，這天他也有彷彿懦怯與僥倖的心思了。

當他這幾隊同屋子吃飯的人，被頭目們像押了豬羊般地監送到午餐的室中去，於是將近五六十個的一色衣服的囚犯們，都靜悄悄地聽餓肚的支配，去吃那一碗清水菜湯，與黑面的饅頭。

每天與他挨著坐的，同桌吃飯的一位老人，頭髮與下鬚都很長了，高瘦的身材，與兩個三角形的眼，高的鼻樑，右頰上還有如打上紅線痕的一條紫瘢的老人，因他吃飯較少，每每將自己吃不了的一份，匀給阿根吃去。所以阿根，每天不至使肚子很空，全是這位老人的厚惠。阿根也知道這位老人，不是普通的囚犯，他是在響馬群中，曾顯過身手的好漢子。不過後來因在京中偷吸鴉片，被人查拿進來。他又沒有錢作罰款，所以便在獄裡坐了幾個月。及至期滿放出之後，有一天遇見曾苛待他的獄中的頭目，便被他著實毒打了一頓，而且將那個三十幾歲正在壯年的小夥子，打折了一條腿。他得到了復仇的快活，卻不想又遇見巡街的警察，聚集了好多人，將他重行拿住，便判了個無期徒刑，押在這個獄裡，已經有三年半的日子了。本來這所監獄，改良了沒有幾多年，他進來的資格，算很老了。所以人人都有點尊重他！就連管獄的人們，也知道這個老人的手下和他個人的本事，絕不是那些偷雞偷狗的人可比的。老人也常常說，他們若不好好待承他，他雖死了，而在外邊他手下的生死的兄弟們，無論如何也是要替他報仇的，因此那些人，更不敢，且是不願十分難為他。

這天，他看阿根，不但沒吃自己餘剩下的饅頭，就連阿根自己那一份，也只吃了一半。老人不免有點疑怪，向阿根臉上細細地看了一會，趁屋子中沒有監查的人們，他就同阿根低低地談起話來。

「你的飯量，就這樣麼？好笨的孩子！無論怎樣，……」

「劉老，我今天才知道人生的感觸！」

「小東西！你知道的過於晚了，……咳！你瞞誰都可以，我是不能行的。憑我這雙眼睛，……哼！……我什麼事沒經過，……早早告訴我吧！」

阿根向外面望瞭望，沒有動靜，看看自己的粗木桌子上。別人沒有來的，有一個病了，一個卻是個聾子，只低著頭在那裡吃東西。阿根向老人望了一眼，似乎剛要說話，卻又將兩個張開的嘴唇，重複合上。老人如鷹明亮的眼，早已看明阿根心底下細微曲折的意思，便低頭道：

「孩子你有什麼意思，儘管向我說，我呀，……在世上飄流了幾十年，什麼事都遇見過的，不像你只是見過些小的事。……」

「昨天場中的微笑，好孩子！還沒覺悟過來嗎？」

阿根不想老人早已看見，而且說了出來，在向來冷厲的阿根的臉上，不覺紅潤起來。他知道不能瞞過老人的，於是就細聲將他自從昨天過午，在場中受過了那個女罪犯的微笑之後，一夜與倦於工作的情形，都告訴了出來。老人聽幾句，便點點頭，在他那火紅的腮頰，與白雪的髭鬚中間，似乎現出憐憫又嘆息的笑容來。反使得阿根楞楞地不知要怎樣方好。老人方要再說話，卻不料吃飯的人，已全走了，而頭目們又進來，催他們出去。阿根雖悶悶地，可失卻了他對於強權的抵抗力了。

晚上，重複使老人與阿根，獲得了一個談話的機會，原來因在夏日，獄中的新定章，在晚飯後的一點鐘，每兩人可以在一處散步。每逢散步，是阿根與老人在一處。兩個人在一處遊行，仍然不能高聲說話，遠遠地也有人督察著呢。

當然這兩個人的談話的題目，便是昨天晚上婦人的微笑。

老人開始便向阿根數說那位婦人的歷史。

「自然我是知道她的，因為在這所房子裡，再沒有比我來的早的了。然而她來了也足有二年，她的歷史，我早就知道的，你看她，……哼！美人般的樣子，怎麼陷在這裡邊呢？」

「什麼？」

老人低聲，並且四圍望了一望說：「她嗎，她是在長橫街住的做布販子生意的胡二的老婆。……我說你心覺得要奇怪，我為什麼知道的那樣詳細，你要知道我在這個都會裡，差不多有七八年的光景，誰家的事不知道。她是姓許呢，她在十七歲上就嫁與那個胡老頭兒作二房。那時胡家尚有一個將近五十歲的一位正太太呢。但她是被她父母彷彿賣了過去的一般。……事情很怪，她去了不上一年，那胡老頭兒的原配，於一夜中忽然死了。仗著胡家還有幾個錢，便胡亂埋葬了。……你曉得這是什麼事呢？……」

阿根驚訝的問：「難道，……不，……」

老人目光正仰視著天半已漸變成紫兼藍色的晚霞，聽了阿根的話，便道：

「這有什麼，小東西！你哪知道婦人們心裡？不但，……後來胡老頭兒還不是死在她那柔白的手上嗎？……」

這句話說出之後，將阿根嚇的立住了，老人卻繼續道地：

「實在告訴你吧，你想她是肯伺候那老頭子，過一世的嗎？世界上誰是傻子？飢寒與性慾，是一樣的，誰說人是比狗貓好些？誰說那些坐汽車，與帶了肩槍的衛兵的人，比我們更有理性些，更智慧些？人人都是騙子！我們也正在騙人呢！也或者我這時同你說的，也是虛言罷！但兄弟呵，你快不要將什麼人類兩個字，放在……再同你說罷，她的確是將那胡老頭兒毒死的，因此就被押進來，不過究竟沒有找到確實的證據。所以只是有重大的嫌疑，而且又沒人給她出來辯護。胡老頭兒的本家的幾個侄子，又是素來為她所瞧不起的，……別說法律了，她也是判了個終身監禁，就入了這個圈籠呢。」

「終身！……」

老人若不在意的笑了道：「這也值得奇怪嗎？不過她自從來了一年之後，居然另變成一個人了……。這些話我是有一半是聽見管獄的先生跟我說的。」

原來這個資格最高的老人，也是在這幾百的罪犯中的一個最有體面的人，所以有時管獄的人來時，也同他和和氣氣地說些閒話。

阿根越聽越覺奇怪，初時是停了腳步，這回又恐怕在遠處監視的頭目們來干涉，便也一左一右的走，一面卻打起精神來聽老人繼續說的話。

老人將頸上的鐵鏈，摩弄了一回，便點頭道：「人原是能以變幻的，你想她是美麗，而能誘惑人的怪物吧！你想她是手段最辣心裡最厲害的人吧！的確，是不會錯的，但是你要知道她也是個最聰明最徹底與能看得破一切的婦人，那也真可算得是個奇異的婦人。她初進來的時候，也是成天的苦悶，甚至每天身上都有傷痕，她也從不改悔。不曉得怎樣在一年前，她病了有一個月的工夫，幾回死去的厲害的病。本來我們這裡邊，哪月裡不死上幾個人，雖說也有例定的醫生，那也只是這樣罷了。但我後來方聽見說，女罪犯中，有一個女醫生，……我想果真有高貴價值的女醫生，誰肯到這裡邊，髒了身子？恰巧在她病的時候新換了一個由教會，——你知道什麼是教會啊？」

阿根雖是缺乏普通的知識，但教會兩個字的意義，他還明白，因他在幼小的時候，也曾在高等小學裡，讀了兩年書，所以也認得幾個字的。這時聽老人說到這裡，他略將頭點了一點，老人便直續說下去。

「由教會裡，換了個女醫生來，差不多每天都來給她看病。你想在這裡面的人，誰不是為幾個銅錢來的。平常醫生不論病人的多寡，與病的輕重，只是每星期來，就如同點卯般地來上兩次，下的藥方，更是不問可知。獨有這位女醫生，對待那些女罪犯們，簡直比她們的母親還要細心些。後來因她病得厲害，於是女醫生每天都來看視她。管獄的人們，看這樣情形，反而倒不好怎麼樣說，只是似乎暗地裡嘲笑罷了。……這樣一連十數天，她的病好了，忽然她的性情與一切，都變化了，很安靜地忍受從前所不能忍受的困難。而且從沒有一句厲害與狂躁的話。有時她們說起她的事來，言談中兼以諷笑，她也報以一笑，並不羞慚，也不急哭。這樣過了半年，居然女醫生和她打成至好的朋友。也竭力在典獄的人們面前，說她好，現在她竟比別的女罪犯們自由的多。而且命她在作工時，成了她們的頭目。她自從……大約是這樣受了女醫生的感化之後，我聽人說：她對所有的人，與一切的雲霞，樹木，花草，以及枝頭的小鳥，都向他們常常地微笑。把從前所有的凶悍的氣概，全沒有了。……」

老人說到這裡，使得阿根心裡頓然清楚了許多，他頓然想起昨日那個俊麗的婦人，向他的微笑，不是留戀的，不是愛慕的，不是使他忐忑不安的，更不是如情人第一次具有深重感動的誘引的笑容，「只是這樣的微笑罷了！」他想到這句話，自己不覺得有點慚愧！但卻另換了一付深沉與自己不可分解的感觸，彷彿詩人，在第一次覓得詩趣，卻說不出是什麼來一樣。

老人也不再往下說去，只是在他那炯炯的目光裡，卻似融了一包淚痕。

一年之後，在這所模範監獄的石牆的轉角處，走過了一個穿了渾身青粗布衣服，密排布扣的工人裝束的少年。他手中提了一個布包，急急往前走。那時正是秋天的一個清晨，馬路兩邊的槐葉上尚滲綴著夜中的清露，街上除了送報的腳踏車與早起推了小手車向各青菜鋪中送菜蔬的人以外，沒有好多人，而行人，便是類於這個工人的夥伴們，在微露陽光的街道上走。

這個少年的工人，無意中卻走過路西的馬路，橫過了街心，走到一所巨大的鐵門之側，突然金色銅牌子上，深刻的幾個大字，如電力般的吸引，將這個少年工人吸住，原來那六個寫的極方正，且有筆力的字是：「第二模範監獄」。鐵門上的白如月亮的電燈，尚發出微弱的電光來。

他呆呆地立住，相隔有十四五步遠近，看了這六個字，不知有什麼的思想，將他身子也定住了。他彷彿要哭泣的樣子，用兩隻粗皮的手，揉了揉眼睛，他便覺得在這人間的片時，——不期的片時中，有無限的情感與酸辛的淒咽全擁了上來。他在這凝視的剎那中，在他以前一生的大事，甚至於小至不甚記憶的事，都在他腦子裡掀翻起來，他想到自己以前的行為，他想到世人的冷酷，他父親的日日酗酒的生活，母親乖僻的性格，他在那一時候在小學校讀書的頑皮，以及……以及種種無頭緒的事，都在這一時中，如波浪地騰起。他又緊接著想起自己那天由這個門裡進來，那天出去的，……半年的監禁期，……白鬚老人精明的目光，與高大的聲音，小屋子陰暗的霉溼的氣息；藤鞭子的。也正是在月夜下的一間茅屋的後面，同著與他同行的人分贓物。他得了三吊大錢，一件青綢女人半舊的袷襖，捲了一個小小的包裹，在無生的墓田的松樹底下，又害怕，又忐忑地，胡亂睡了一夜。當他醒來的時候，月光雖斜在西面，而仍然照得墓田中無一點黑暗。他卻膽怯起來，聽見身旁有個蚱蜢跳在草上，也不敢動一動。……一樣的冷酷而可怕的月亮，這夜又照見了他！他卻由死人的墳旁，到了生瘞的窟裡。他記得那夜的涼爽，那夜的驚擾與恐怖，與不安的情緒，除了在這一晚上以外，曾沒有經過第二次的。

末後，他重複頹然地坐了下來，他的質樸的心裡，也是第一次染上過量的激動，與悲酸的異感！其實他這時的心裡，唯一記念而且不可再得的，——他以為是這樣，便是這日午後在空場中的和美的婦人的微笑。其實他何曾不知道自己，更何曾有什麼過度的奢望，他所誠心憂盼的，只不過這麼個微笑，再來向他有一次，僅僅的一次，他或者也就止住了他的熱望。

第二天又照例的作了半天的木工，但他覺得手中所執的鐵鑿，約有幾十斤沉重。手腕也有些瘦疼。每一鑿子下在木頭裡，特別痛苦，……唉，「過去了，過去了！人只是要求過去罷了！但永遠過不去，而且誠敬地著在我心底，而每天都如有人監視著督促著我的，就是……」於是他想起在那高大石牆裡面，那一日午後，那位多髮婦人，——罪犯的婦人的微笑來了！神祕的不可理解的微笑，或者果然是有魔力的，自那個微笑，在他腦中留下了印象之後，他也有些變幻了。直到出了那個可怕的，如張開妖怪之口的鐵門以後，他到了現在，居然成了個有些知識的工人。

但這時他想，……想到老人說的「她是判了終身監禁」的八個字，他覺得每個字裡似是都用了遍滿人間之血與淚染成般的可怕，與使人驚顫！他想：「微笑呵！……終身監禁！高大的明牆！……人與，……自由！」這樣無理解無秩序地紛想，他覺得這時心裡亂的厲害，比以前鐵銬加在手上，藤鞭打在背上，還要痛苦！忽然遠處煙囪的響聲，尖利地由空氣中傳過，他也不及再立在那裡去尋他的迷了歸途，與淚痕的顫慄之夢，便在腦中唸著「微笑！……終身監禁」的幾個字，蹌踉地走去。

原來這個少年的工人，便是半年前的竊犯阿根。

一九二二年六月一日，北京

自然

自然

她常常是這樣的，每逢在群人聚會，或歡笑的時候，她總是好目看著天上輕動的浮雲，或是摘下一片草葉子來，含在口裡，眼中有點微量的流痕，在那裡凝思著，這天我們正在野外，開一個某某學會的聚餐會。正當我們將帶來的果品食物吃完之後，各人談著，而且欣笑地歡呼著，或者坐在大樹的根上，或者在水邊，看水中碧綠微動的荇藻。一起有男女會員三十多個人，都以為這天是很快樂而舒服的日子。正是新秋的天氣，過午之後，還帶有餘熱的日光，一絲絲金黃色的光線，射落在濃蔽的樹葉下。微風吹著距離不遠的一所舊寺中的鐵鈴，在半圮的塔上響著，在林中有幾棵不多見的銀杏樹，也鼓動起扇形的細葉，槭槭地和鳴著。多快樂而清新的天氣，人人都覺著有無限的欣慰，跑來跑去地說笑。

獨有她仍是坐在這片森林的西北角上，靠了塊大石，向著對面幾棵樹上彼此一啼一聲鳴著的小鳥們，痴痴地看。我本來和她熟識，而且很知道她的，每見她這樣，我覺得替她深深地擔了一重憂慮！這回，我也在這個野餐會中，照例同一些人說了一會閒話，我心裡彷彿有點事記起，回頭看她的時候，果然又不見了。於是那重深深埋藏在我心底的憂慮，又重行蕩落起來！我便轉過一條不很平整的小道，穿過陰密的樹林，轉幾個彎子，方看見她痴痴地坐在一塊大石前面。

我走過去，在一棵數抱的柏樹下，便立定了，也沒說話。她似乎知道是我來了，但她還在繼續作她痴想的工作，未曾動一動身。我便帶了悲嘆的聲音，向她說：

「老是這樣的孤寂呵！妳看人家都是出來尋快樂的。……」

她如沒聽見地一般，眼睛裡卻有點紅暈了。我更不能不繼續我的話了。

「人在自然界裡固然不可時時為自然所征服，但也不宜過於違背了自然，妳看在這個清新空爽的野外，一切的自然，都是有待我們去賞玩的，涵化的，妳終是這樣的沉鬱而慘淡，雖在這樣新秋的野外，似乎這偉大的自然，並不能感引起妳的興趣。妳的身子又素來弱些，如此長久下去……」

我沒有說完，她在痴望中，作勉強地微笑道：

「自然麼？只不過騙騙小孩子罷了！」

這句話真使我過度地疑惑了！平常我也雖聽到她好作絕對懷疑的話，不想她竟然懷疑到自然本體上去。我突然覺得我對於她的話沒可置答了，她向我看了一看，點頭嘆道：

「你過於懵懂了！自然的花，只須開在獨立的樹上吧。你以為天半的雲霞，郊外的鳥聲，都是自然之靈魂的表現。不錯的，然人類活在世上，不也是自然現象之一嗎？然而人生的自然之花有幾枝曾開過，幾曾將自然的芬芳，傳遍人間？罷了！再不要提起了，你看我只是小孩子嗎？……嗳！……」

我聽她淒咽而悲感地說了這段話，我不禁將頭低了下去，我同時很懊恨不應該不加思索說出上面勸她的話來。因為熟知她的情形如我的，也會說出如同不關心而隔膜的話來。我更同時想到她的家境，她的深慮的悲哀，並她的無故的被人，——被缺乏同情的人們的誹言。一一的印象，同時在我腦中映現而籌思起，我真誠地悔恨我不應該說那些話。

夕陽斜掛在林外，幾個小的飛蟲，嗡嗡地由身旁經過，她仍然痴望著樹林中，眼裡紅紅的，我也沒得話說。暫時的沉默。我覺得人生的痛苦，不必是在監囚與飢苦中呢，正不必是在絕望的失意與特別的境遇的，片時的無聊，而深鎖著永久的悲鬱，微末的感嘆，包括了無盡的同情，人與人的中心的關切共照到深深的痛苦之淵中，這片時的不快，正足以抵得過長遠的有形的鎖鏈，來束住身體呢！

她用手巾，揉了揉眼睛，冷冷道地：

「我們，自然更是人們所嘲笑與輕侮的女子呵！若不知屈服與心悅的卑辱，那末，人間就要騰起謠诼的冷酷的譏誚聲了。況且有些知識的女子，你如命她向惡毒的人間，作降虜去，不是更苦了麼！什麼？人的心腸，都幾乎是冰與鐵作成的。他們為什麼只知在口頭上作輕薄地冷酷地誇說與侮辱？他們都自命為知識者啊！……這也不必提了，……一個人何嘗能得以自然地生著，自然地任著天性，而能在滿浮了灰塵的世界上立住呢！人誰能彼此作真心的慰藉！家庭吧，親族吧，虛偽與假作的面具，冷淡與應酬的言語，夠了，足夠了，而傷人的火，就在足下燃了起來！……還說什麼呢？何必向事實提呢？自然啊，只是草上的小蟲，與葉中的歌鳥，或者尚能分享與發揮一點吧！人嗎？……」說到這句，她便將許久鬱結的心情，齊湧上來，將頭俯在臂上，雙肩有點震動，雖在平日她是不肯輕灑一點淚的。

我勸她什麼呢？我這多事的來到。這回卻使我踟躕不知要怎樣辦了，其實我也正在深沉地感想著。回思著人間的片刻，片刻，所層積與壘集的事：曾經聽到在流水的小橋上的微語，在牽牛花開滿了的院中留連，由山頭擷花歸來，在街心中的迅疾一遇呵！生命的迅忽呵！細葉的松針，在靜中彼此微動著。遠遠的墳墓，如怪物般地排坐著；鳥音婉囀的歌，野草散出自然的香氣，過去了！永遠地過去了！而痛苦與悽慘的印紋，在人生行程上，又深深地鐫上一道了！無端的尋思，與因同情而起的顫慄，似乎使我也無力再支持著在松樹下立定的身體。

末後，她忽然抬起頭來說：「你快去吧！看人家找不到你，又不知編派些什麼話了。人們都是有猜疑性的，而且無時不會放射出惡毒的言鋒來，刺著他人，他感到痛時，人們就會放出狡黠的笑聲來！其實呵，松針與鳥的朋友們，會知道的……自然……」她本來就想催我早走，但我正在草地上徘徊著，於是她又說了。

「不要再提自然的話來，我知道自然只是藏在鳥翼裡罷了！我們在這等冷酷與權威布滿的人間，快不要再拿這兩個字來欺騙自己了。上月裡，我看見一本小說雜誌中，有人作的一個短篇說：『光明不能增益你什麼，黑暗不能妨害你什麼，你以何因緣而生出差別心來？』噯！這人也太過於有平等觀了。我不向世人生差別心，人家偏向我生差別心；而且過度生出猜疑與侮辱的差別心來。世界本沒有光明的，而黑暗卻到處都是，不久了，太陽落了下去，夜之黑暗，便開始張開它的威權來。也像我們生命的行程一樣。這樣沒曾有同情的世界，哦！人們的差別心太多了！且太狠了！……我們在荒野中啼泣，向哪裡去找到自然，……我的一切你是都知道的，……說什麼呢！……」

我覺得如燙人的熱淚，已在我眼瞼裡流轉了，我覺周身的熱力之大，彷彿恨不得快將這個世界來焚化了一般。我便興奮地大聲答她：

「怯怕的什麼！不埋向墳墓中去的時候，總有自由活躍的勇力，管它呢，人間的差別過重，自然是永遠隱藏起，但終須向永遠中用青春之力活躍去！……」這時我說話，竟也不像平時了。一個過分的感動，使我再不能忍得住。忽然由樹後跳出一個人影來，笑著喊道：

「好啊，好啊！你們竟會在這裡說閒話呢。」

我一看，才知是她的最好的女友密司林呢。她遊戲般地說了這句話，便過去拉了她的手道：「罷罷！好孩子，走呵！我同妳去覓得自然去！……」

衣裙飄動著，她們走了。松針在靜地裡，刷刷地彷佛與小鳥們正自微語。

一九二二年六月五日

十五年後

十五年後

一個綠衣的郵差在烈日——七月的烈日下，急忙地走。他的沉重的綠色背包中，在橫寫的 CPO 的布包裡面，正不知負有多少的悲、喜、驚恐及使人尋思的使命。我向來遇到他們這樣中的一個，便自然惹起多少的注意，與好奇的猜測。

這日正在過午的四點鐘以後，沿著長而寬的馬路，靜靜的櫻樹蔭下，並沒有多人來往，只有幾輛推載貨物的笨木車，發出吱啞吱啞又沉重又單調的聲音來。雖有接續不斷的電車，然而車上除了很稀少地，坐了幾個人之外，並沒有平日那末擁擠得立不開的形狀，這正是在夏季中呢。在這樣汗似流水般的午後，道中細碎的飛塵，在空中播散開，偶然被風吹到人的口中與目中去，覺得燥乾的難過。所以即在這個地方的最好最整潔的馬道國，也沒人願在毒熱的太陽下走路。不過這個天天負了無數使命的郵差，卻每天按照他一定的路程而且天天在這個陽光最毒熱的時候，由這條街上經過。

這時，他一手拿了把黑色黃竹做成的扇子，在手中一揚一落地扇著，一手卻伸入斜掛在肩上的布包，檢閱他的郵件。或者他作這種神聖的勞工習慣了，雖是汗珠從他那褐紫的臉上滴下，他卻並沒有一點疲倦與怨恨的表現。他的足下永遠保持著一定的速度走在火熱的地上，轉了幾個街角，已經入了稍微冷僻的一條小巷中。他在右邊第四門下——是新式的綠柵門，他按了按電鈴，出來個留了短髭著黑色衣服的僕人。郵差似乎不甚注意般地便將一封很厚的洋式信，遞給他，僕人看了一看，無奈上面橫寫的洋文字很多，於是他就不再細看，取了信重複將綠柵門關上。而綠衣的郵差也似將肩上的重重使命，減輕了一分，便順著馬路旁邊的櫻樹蔭走去。

一陣南風吹過，吹得碧綠的葉子，在太陽光下簌簌地響。

當這個黑髭短衣的僕人將這封份量很沉重的信，交與他的主人以後，這時那個負著分送使命的郵差，已經去得遠了。這所幽靜房子的主人，是個三十多歲的人，這時正在小樓的一角上，拿把極明亮的小剪子，修剪一盆安放在樓檐下的白枳殼花，他將那些被白色小蟲曾經吃過的葉子，慢慢地一剪一剪剪下來了，幸而陽光被樓檐遮住，所以他並不十分覺得炎熱。當那個僕人將信件遞交與他以後，他在初時，也並不注意，那個僕人也就隨意放在身旁的一個小竹子茶几上，便走下樓梯去。及至他將這棵枳殼花的病葉剪完以後，他方將信件拾在手中，一眼看見信面上那幾個極飄斜而飛揚的洋文字，不用再看下面的文字，他便覺得有一個幾乎十數年前的印象，如電影一般，映現在他的腦中。

在十年前，這位樓房的主人——這位面色微黑的男子——正在海濱一所普濟醫學校裡讀書，這所學校，是一位老醫學博士，用他生平的資財建立起的，因為那位老博士在世界醫學界上，還有點名聲，他曾在一種極平常的物質上，發見過一種傳染菌，又

十五年後

曾在外國多年。他是為事業而捨棄一切的人，所以後來他便在他的故鄉的海濱，立了這所規模宏大的醫學校。學校的設備，以及功課，及所請的東西洋的醫學家，都很著名。那一時有志醫學的青年，都由遠處來此讀書，而且幾乎以這所學校，為全國醫學研究與實驗的中心點。就是這所樓房的主人，在那時還不滿二十歲，也在普濟醫學校裡修業。有一天，正當秋天來到的黃昏，後園裡的槲樹上的葉子，在輕散雲下，簌簌地發出被海上秋風吹動的清寥的音樂。這位青年，他穿了一身白色校服，攜了一本德文的剖解術詳解，一邊低了頭精細地看，一邊卻自然彷彿不留意般在校中的草地上來回地走步。他於這天的下午，剛與幾個同學在剖解室裡實行剖解一個人的肢體——一個少婦的肢體。

他們這所學校裡，對於屍體的解剖，分外注意，從二年級的學生起便須實習解剖人體。他呢，已經是三年級的學生，實習解剖屍體，當然不止一次了。然而實行去解剖新鮮屍體，尤其是一個少婦的肢體，那的確還是以這天下午為第一次。當十數個目光沉著，面色嚴肅的青年，隨同他們有經驗的白髮教師，將這個整個的少婦的身體，完全裸體抬在手術臺之後，怎麼去切斷肢體，怎樣去詳剖內臟？一時在他眼光中，全是骨骸的切割，筋肉的微顫，與少年之血液的流滴……他隨了教師同學們，作這種生活，不止一次，然而最使他心中有些顫慄，而手中感到所執的器械的無力，與目中的暈溼，除了在他頭一次見剖解屍體以外的，當以這一次算最厲害了！及至一切手術施完，已將那個整個的少婦的絕了呼吸的身體，完全分解了。那個碧眼寬肩的教師，還殷殷不倦地給學生們講究婦人身體的構造上之特徵，與她得此病的下部的異常狀態。那些青年們，方以為借此機會得以聽聽內中的詳細，他覺得身子坐在位子上有些搖撞，而且覺得周身如同被電流激動般的麻木。他並沒十分注意去聽教師的話，他回頭去找與他平日很要好的友人秋士，可也奇怪，所有實習的人，全在這裡，很恭敬與奇異地聽這位老師的議論，獨有秋士不知於什麼時候走了。他想，秋士平日對於學校的功課，都很用心，至於實習解剖，他也並不畏縮，不疑懼地與同學們執著解剖刀，作那種臠割與肢解的工作。他很不安地，而且悶悶地，聽完教師的解釋以後，他便跑回自修室去，寢室去，哪裡都找到，只是不見秋士在哪裡，他急急地找得滿頭是汗，後來還是在校園的一片草地上，發見秋士半臥在一塊大石頭上。他遠遠地看見，以為秋士或是被方才的剖解的異常狀態嚇昏了。他便加急走了幾步，挨近秋士的身旁，喊了一聲。秋士卻帶來滿臉的淚痕，抬起頭來，向他呆呆地看。他看秋士這種狀態，驚得半晌沒有說話。他一手握住了秋士的右手，覺得手指都顫顫地抖個不住。秋士嗚嗚咽咽地說：

「逸雲，……逸雲呵！我才知道最富於殘忍心的莫過於人類；而且最無同情心的，也莫過於……於人類呵！以前，……以前我怎麼是不，……永沒曾明白過什麼是人間的羞恥與過……惡，逸雲呵！你沒曾覺得到嗎？你難道不曾明白什麼是人類的過惡與羞恥嗎？……明明地，將一個聖潔清白的好好的身體支解臠切了……呵！……我怕我真替人類羞恥呵！科學與發明，難道不是人間的最大的仇敵嗎？逸雲，……我們日日在說為除消人類的病敵而努力，然在一方面，我們自己卻殘忍的如飢食人肉，或者更為厲害些的野蠻種族一般！……」秋士說到這裡，忽然由淚痕中變成微笑，向著那已落的日光，藏在青青的蒙影裡點頭，續道：

「唉！你記到呀，一小時前的印象！她的遺體，她不過是二十多歲……呵！二十一歲的少婦呵！她不是為產後……得病而死的嗎？……你曉得她的丈夫是誰？肯這樣的暴棄，將他死後的妻子的身體，送到這個屠宰場裡。……」

逸雲聽秋士激憤地說了這一大套話，並沒有他插話的餘地，這時見秋士問他：

「她丈夫是個警察廳裡檢稿官呵。」

「哼！檢稿官……他恐怕多為他的妻出一份葬儀的費用吧！……你看那個生動的少婦的面貌呵！她緊閉了淡紅如脂的嘴唇露出其白如雪的身體，就像銀光的河水上面，浮起了一朵含苞的紅玫瑰花一樣。她那久未梳理的頭髮，遮住尚不十分瞑了的眼光。雖是病久了的人，然而這個面貌，我從未見過這樣的美麗與安慰的！當從病室抬到手術室的時候，我一眼觸到那死屍時，你想我心中是有什麼新的感觸呵？我覺得彷彿第一次感到對於死體的愛慕；而同時也是第一次感到對於生人的偉大的系戀與詛咒！當我遵從教師的指導，去解剖婦人的下部肢體，唉！……多清白多令人寶愛的皮膚呵，為什麼偏要將她作明亮而鋒利的刀頭的試驗品？我的手當時竟不能從我心意上的迷神的命令了！你看我的手指，已經割破了幾處！我也不知痛楚在哪個地方。眼前驟然覺得如有些恍惚的青光，對著我飛舞一般。看著從那……流出來的血絲中，如同有個美麗而慘笑的少婦之面，對我點頭！她何等的嘲笑，而且輕視我們這些缺乏同情心的少年人們呵！……逸雲……我還再有支持的力量去聽那位老而無智慧的教師去演說殺人的方術嗎？我的眼睛如被雲霧矇住了地一般地痛。我在這塊石板上……藉著冷冰的僵石，我的自從哭過我母親，和一個姊妹的眼淚又重行湧泛起來。我既不知是為了人類呵，還是為了我自己？還是為了那被人呼為試驗品，——肢解的試驗品的少婦的屍體？……總之我這時無絲毫勇氣，再立在世界的陽光之下，除非另去尋覓我的新生命的途徑的時候！……」

人間的生活，是時時刻刻變化的，也可說前進，也可說是退化的，在一定的生活方式中，總不會長久。而且也是人們天性中所不喜悅的，因此人的思想與行為，乃日日在變化不居之內。秋士自從失蹤以後，直是音沉信杳，費盡了多人的力量，終不知這位多感而富有神經質的青年，飄墮到何處去了。逸雲自然分外的感到悲思，而且獨有他自己深知秋士遠離學校的原因所在，因此每天常是鬱鬱地，對於應該自習，與實驗的工夫也疏懶了好多。每到去解剖人體時，他執著利刃的刀鉗，便想起秋士的沉痛的言語，與為人類而哭出的熱淚，便不覺得手中遲鈍了。不過逸雲的性質，究竟比秋士堅定而富有毅力，眼看著在海濱醫學快要卒業，也不肯再舍此他往。雖說秋士一走，給他永遠留下一種深重的感觸，但這不過一悵惘的回思罷了，沒有秋士的態度，沒有秋士的言語，在他目前，在他耳內，日日映現著，激聽著，時光是去的快的，他對於解剖那位少婦的屍體後的刺激，也漸漸地淡忘下來。及至這樣過了兩年以後，所有的同學，以及校中的職教員們，對於秋士的事，也多沒人提起，因此逸雲也自然隨了環境的變化，把秋士的狂熱的青年性格，與其奇怪的行徑，在腦子中也略覺模糊了。雖是有時在落葉之夕，與春雲飛動的時候，常常想起他的舊友來，然而他對於後來的解剖人體，也毫不感痛苦了。

在這個多年的舊事的回念之中，在他自從與秋士分手，差不多十五年來是第一次的。當這封密封的信，寄到的時候，逸雲萬萬料不到內中是包著老友，——青年的老友，秋士的言語。他本來常常收到些中國或外國的朋友，由各國寄來的郵件，所以自然想不到秋士身上，況且是歷久的餘影，不可重行追求的餘影。他自從海濱醫學卒業之後，當了幾年醫生的助手，在外國醫校裡，居然取得一個很名譽的博士學位回來，便在這個地方，作了國立醫院的院長。不但名譽在醫學界中很高，即每月的收入也很不少。每天多少的事務，待他去作，那麼久的青年的餘影，在他的腦中，當然更是很微少的了。

這時他很從容地，坐在樓欄上的籐椅上，取過一支雪茄菸吸著，一面慢慢將來信拆開，他一看裡面是用暗黑色的墨水寫的字跡，卻很夭矯飛動的。他便一字一句地讀道：

逸雲吾友：

今在何時，我乃忽寄此函與你，你必歡喜與驚惶，同時並作。我故作狡獪，在信封外沒曾寫我之字，你讀至此數語，當不能知寄此函者為誰何？但你尚能記憶到十五年前，海濱醫學校仲秋日之夕否？在落日的餘光的沉蕩中，有臥於石上飲泣者，你尚記得其人否？老友，不相見十五年中，多少世間變化流轉的事與業，如同在萬花鏡中的小兒玩具。我今思及少年的識見，雖曰真純，然經驗人事愈多，則愈見其真純的識見的狹隘與淺薄。當日在石上的淚痕，雖令風吹日蝕，我知其歷久不滅。逸雲，少年的淚痕，固永無遺滅之一日！我今雖欲再流注此點點熱淚，既無此機緣，亦無此蘊力，所說失之一時不可復得了！我今之心，固然不敢說如止水不波，然勘透萬變，唯專歸上帝之足下，

十五年後

雖人說我迷入宗教的歧途，我也不管得許多。

這一段文字，正寫了一張白色洋紙。逸雲一面急急地看下去，一面心裡充滿了驚喜與奇怪的反應的情緒！也不及想索與判斷。及至閱完這第一張以後，方覺得如同緩過口氣，便仰對著樓欄外的一樹馬纓花深深地吐了一口氣，彷彿是借此發泄出多年的沉滯下的憂鬱一般。他這時更不再疑惑，即時低下頭去，重行檢閱來信的第二頁。

人以此多詈宗教，甚至詈及宗教生活的人，我以為天地間的道理，原沒有絕對的必要特定著，堅抱著一個嚴重而含有排斥性的主見，甚至不尊重他人的意志與自由，我以為殊過於費力而且鹵莽了。你在昔日，亦素為知我者，且我在此時推測，你仍為最知我者之一個，雖是我們現在的取道不同。你記得呵，在二十年以前，我每每同你以及好辯的幾位少年同學，每在課後，跑在校舍後面，探入海之中的一個土股上的茅亭中，談論許多問題。唉！那時的愉快，今不可重行獲得；我們眼看紅沉而泛彩的落日，聽著在岸邊被銀濤沖打的聲音，各個人的高歌，或者作無所為的狂談，少年的夢痕呵！只今也止有付諸那落日的赤色和濤聲罷了！我今已覺白髮漸增，日入老境，且早已將少年的狂熱的心情，變為靜寂。久居此山村中，更日見其鄙野，回思少年之日，猶如少時對於戀人的愛慕，至老思及，猶覺顫慄與沉蕩！……

逸雲看到這一段，不自知覺中，覺得目中已是欲淚般的潤溼。覺得秋士的少年的狂熱的真誠，與令人感戀的態度，純實的言語，都如映現在身前一般的親切，遂即用指頭揉了揉眼睛，又繼續往下看去，是……

最使我終不能置忘者，即……我與你離別之前六日，少婦之臨解剖時，所留與我的淡紅雙唇中的微笑。……此慘景，可謂為我從此以後天使所降我身福音之象徵表示，又可謂為一生所受最沉重嚴厲的刑罰；——在初十年中，我腦中嵌此慘笑之影，幾無時或忘，彷彿在黑暗中，時時有此無形報施美麗奇怪的罰約，以隨我之身，痛莫能去；又彷彿她時時以其嬌白慘美之死後容光，向世界盡處，以求助力！此真不能使我刻忘者，不知你亦有此同感否？我今以縷縷無謂且有似於談玄之言告你，然未曾先以我的行蹤相告。實則我自幼即服從『死後埋骨於青山佳處』之言，則行蹤若何，其在我輩，又哪有甚深重的關係。況我久已不得與你同在海濱時作暢談，而此長函的開首，即以行蹤如何如何而見告，其為俗惡，亦殊難堪。逸雲吾友！我今簡單告你：

自從中了迷的愛箭於我心上以後，在我未去學校數日的夜裡，直若時時有此美麗而慘笑的幽靈，在我身側。有時在我施手術的短刀上，也常常發現此同樣的面目，如此思想，其為有意識與否，我亦不知。但感此迷惘的痛苦者，固非一日。其後但覺在學校內不能一刻居住，於是我遂有在夜中出行之舉。

逸雲看到夜中出行那一句，自己略遲疑了一回，彷彿在思想是那個中夜的事，卻再也記憶不起來。而秋士的信上道：

時為八月之末，夜中不能成寐，在寢室中，聽同學鼾聲如雷，益足助我對於目前生活的嫌惡的感想。時爛銀的月光，由窗外射入，一團微動的灰影，映在白紗的帳上，如同示我以前途的象徵一般。我被心中的感應及事象的反射所擾，在床上再不能安歇得住。便開了門，走到校園的竹叢邊。仰看大的小的三五錯落的眾星，聽得海中微微打岸的濤聲，半圓的明月，正似在青天中嵌了個表示世界之靈魂的象徵物，她將一絲絲的清光，放進一棵棵的樹裡，彷彿很甜蜜地吻著。滿園的夜合花，正在表示出她們自然的，歡喜的無量的綢繆。在那樣的清輝良夜之中，我是個正當可愛的青年，應當如何領受大自然的嘉納與慰藉，然我卻是更感到淒冷，更感到無邊的落寞！如同在世界中的萬象，都有他們的自然的美德與好感，只有我是個被遺棄而服過狂藥的有罪青年！我見明星正在笑我，聽見濤聲，彷彿是我的怯懦，我幾乎不能再在竹叢邊立住。被狂熱及迷惘的權能，遂將我脅迫逐出校園圍牆以外，我今已不復記憶，有何力量，使我能越過此高可數尺的垣牆。但能記得在昏迷中，病臥於海岸的沙上，可有數小時。其後忽若有神感，使我精神，在匆促中，得以一振。沿岸西去可八九里，在半沉落的月光下，得一漁船，繫纜於岸邊，時漁村中人，正在耽睡，我乃費力解此粗纜，又不知如何將布帆掛起，登船南下。時晨霧微起，四圍的景物，因月下落，都略覺模糊。岸沙外的漁村中的樹影，都隱約地藏在淡霧——黎明的淡霧之下。你知我此時的感想何似？我不知何故，乃俯臥，對故鄉之海岸而飲泣，我亦更不知在冥迷之前途上，將飄流於何所。但我心中，乃彷彿已燃燈塔的巨燈之光，不復如未入淡霧之海時的痴迷。……

吾友！此後事，如歷歷記得足成一有趣味而富有感動性之長篇小說。但此刻更不及一一學繪畫的手段，完全描出。但有一要言告你者，則我的經歷。能由死中而復生者，乃假手於上帝，而救我於不幸的災害之中，故在今日的山中的小樓窗下，尚得此長書以寄你。使他人見之，必誹笑我，或以為實無其事，不過故造此浪漫之言，聊以解笑。然你固知我，此實我青年之夢裡生活的新生命的更造！人或者都受支配於完全的命運的幻景之中，然命運何物？固不外由自己造成者！

逸雲一氣看了這五六張的白紙密字的長信，如墮入迷境中似地，有對於異境中的一種新的誘惑，在它的字句裡，他不但不覺得倦怠，反而興致勃勃地繼續往下看去。

我在無盡的海中，飄流了一個晝夜，我不知饑渴，亦不知憂慮，靜對著無限的蒼茫的海水，作默思與領會的經過。然在那二十四小時以內。給我印象，與所感受得的了解，實足以定我後來的命運。……其後，風浪洶湧，我溺於海，終乃被一大船的救生艇救起。……由此得遇一美國老年的牧師——此牧師在東方多年，對於佛教，亦有極深的研究。一再令我至美，……由此而後，我遂長為去國飄流的人！亦永為獻身於宗教事業的人！以此善良的老牧師的教誨，經過四五年的傳道生活，我乃由少年的熱情之網中，而逃入清淨與默思的網中。世界萬網羅列，任人投入，出此入彼，莫可是非，但其轉移志趣，與改定生活的方向，須以人的情感發越到何等程度為準則。我以為與理智無有關係。但這是我的一偏的見解呵！

自從四年前，我乃移居此美國南部的冷靜與清曠的鄉村中，以研究我的宗教生活，曾為宗教團體作正直的助力。此處農民亦復相忘我為異國之人，人人以和善之面目待我。有時在山中樹下，為學校兒童講述中國的神仙故事，眾俱歡喜。有花伴我，有山對我，我亦不復憶及祖國。飄流浮蕩，已過半生。家中固無他人，而以我青年時奇異的舉動，人或疑我為瘋狂、為死，我今殊安心於此寂寂的生活，以靜我心波，與藉上帝之力，以啟迪農民。至青年時狂熱的迷想，今俱失去，蓋以日日與自然，及真誠的人民天真的兒童相接觸，亦沒有何等慘厲之刺戟，在我思想中映現……

我何以知你的消息，此事述之，殊不足奇異。在十五年前，救我於死難中的老牧師，今已病居此山村中，不再外出，然其子約翰．葛文，仍繼續其志，常居東土，今年由印度到中國。有一天由我遠離之祖國，寄一中國的古詩與我。此為他的最誠實而摯厚的賜予！知我不讀中國詩者，已十餘年，所以特意郵送與我。當時我收到此線訂木板書冊以後，至於涕淚，但尤使我動懷舊的感念者，則此書外裹以中國最近的新聞紙一張。我乃一字不遺，細讀一過，不恆讀中國書得此如久違的良友，見時反不能呼名般的生疏。至所敘中國的時事，我更茫然，唯中有全國醫學聯合會記事的一段，我於是知你的住址與事業。於十五年後的生活改變，與環境及思想的轉換中，得知我最好的友人的蹤跡，我久已靜過的心乃不能不使之復動！……久不寫中國字，錯落與文法上的繆誤，知我如你，不能責我，但我想在少年時，即留下的遺痕終不能磨滅了我的永久留下過的記憶的與對於中國字的重憶。此與當日手術室中的少婦的死後的面目一樣！……一樣的，永難割棄去！……

逸雲讀至此處，不由感動得真誠地點頭讚嘆！——他方以為後面還有好多的言語，看看日光已完全落了下去剛能看清字畫，便立了起來，急急地讀下。

逸雲正自熱心地往下看去，不料手中一疊很厚的信籤，已經檢閱到最末的一頁。明明未曾寫完，卻再沒有了。他非常的疑惑，不知如何丟失了？從第一頁重行檢過，仍然沒有後面的。他便猜疑到是沒有寫完，就郵寄了？或者是寫完而漏裝在信封以內？但剛好說到自己的身上卻看不見了，自己很為著急！而且看過秋士的信中所說的道理與經歷，真同讀了奇書一樣的奇怪。

於是他一手執了這一疊很厚的信籤，也不再坐下。這時已在黃昏的微茫的景色裡，他仰頭向著淡紅的晚霞望去，覺得「秋士真是遠了！」只有這一句話的思想，在他自己的腦中來往。他並不回想同歷的舊跡，不比較自己與秋士生活的不同，而此「秋士真是遠了」的感想，卻在這時占滿了他的全意識的境界中。

一九二二年七月

在劇場中

有人說：人們的情感之流，最容易為外界的景物所轉移而吸引。因此所以又有人說：世界全是藏在一個客觀的鏡中，甚而至於止有外來的物象與景色的吸收，而少有自我之力的發伸與融合。這種話，我曾經聽過；而且常常聽過是有些經驗——自然是種種的經驗——的朋友說的。我當時聽過他們的話，心裡卻迷迷惑惑的不大很懂。因為我不是不懂得這兩層話的意思，但若說教我確切保這兩層話的意義的真實，我就沒有這種武斷的勇力了。

人間生活的方法，自然是多方面的，如同拿算術的形象來比較：那末，三角形的，四方形的，不等邊形的，以至於六角形，圓錐形，這都是小小的謎呵。而生活方式的謎形更多。一壺茶，一碟瓜子，吸著香菸慢條斯理地坐著，談著，而且發出嘽緩的噫氣，刻薄的笑聲；握了柔嫩而顫動的異性的手指嗅到一種心裡覺出的香味，看著，並且對看著早晚爛在腐肉中的眼睛，談著些一去不可再留住，而且決沒有真實留住的扯談——或者說是神祕的情話。有狗在道路上咬人，人卻用手杖打牠，過去之後，心內卻盤算著手杖的花紋有沒損失與擦破。不可數計的事，不可數計的人生之生活的方式，濃味呵，一方是淡水中浮出來的鹹波。興致呵，也可以說得無聊。然不這樣，他們便覺得孤寂索寞了，無意味了，而到底興味在哪裡呵！

我從來不敢再往下尋思去。

有一回的小小的經驗，給我而卻不能助我解決這些久懸在胸中的疑悶，反而更使我對於人生之謎加了一層厚且黑的暗影。

情感是甚麼東西？我將永遠抱了「？」的符號埋向墓中去嗎？

有一回我被幾個友人，拉到那個中國最大都會的最大劇場中去。可以容納三千多人的劇場，已是擁擠得沒有空位子。他們引著我揀了樓上幾個座子，坐下，賣瓜子的身影走過，喊水果的尖而咽的聲音又接著穿過，直到五分鐘過後，我還沒留心去看劇臺上是甚麼東西在那裡舞動，好容易一個一個短衣為生活的迫壓而兜售零物的人走過之後，我瞥眼看見由臺上的空中飛下個東西，飄飄飄飄地，落在臺上。一個假裝青衣女子，便延長著不像人的聲音哭了起來。不多時火又燒了，一個一個的鬼影憧憧的在臺上亂撞。又變了一個輕裝的女子，穿了兩個綢製的蝶翅，滿臺飛舞。一回又是長過胸下的鬍子的皇帝，又是畫了臉面的妖魔出現。我固然是莫名其妙，只有由外來的景象，使我回記起《石頭記》上所說的「鬼神出沒鑼鼓喧天」的兩句話了。

於是我覺強迫的疲倦，來襲擊我的身心。而且開始也有點迷惑，然而劇場中一般努力不斷的拍掌與喝彩之聲音，高一陣又低一陣。

在劇場中

在激動且是喧鬧的境地中，人們大概曾閱歷過吧。不但分外感覺得出無聊，尤其令人不可耐的是人生的煩悶，在神經中來催迫你，又彷彿來嘲笑你。但我在那幾小時內，是走不脫的。索性用耳代目，避去了臺上的光景，向全劇場中作觀察。

樓頂上木製電扇，團團運轉，無數的頭顱在下面搖動。時或從這些人頭中間，發出聽不清楚的喧譁的聲音來。幾乎人人一把扇子，如白蝶般地飛舞。灰白色的煤氣燈，特別佈滿了全場中的熱氣。人人伸高了脖頸，向那一隅的臺上凝視。更有些驚奇與希望的眼光，望著臺上畫臉、長胡、尖聲披髮的婦女——自然是不像的婦女。甚麼事能比這個吸引力特別大些？或者也有人正在嫉憤地恨罵這等新不新舊不舊的戲劇。實在我在這片刻所感受到的是人的生活方式之一種。所留與我的，只是一種我自以為神奇的世界，並不在戲劇的形式如何。即如所謂新式的近代劇，無論怎樣，能逃出人類生活的方式外嗎？我看見電扇的團轉與白蝶般的扇之飛舞，短的、高的、白的、黑的，張了大口，放開眉頭，滿布汗臭味的所謂人類，正在那裡虛偽地，以自娛的手段來消磨這個暑夜。有意味嗎？臺上的戲劇是虛偽的，看似活動電影中這些人，能夠說是真實嗎？由這些特異的象徵物——電扇與飛舞的紙扇下的無數頭顱——所引起我的不近人情——或者也可以這樣說的思想，我登時覺得有無數的酸素的原質，在我腦與眼角中活動起來。我也開始覺得眼中有點潤溼了。反覆地尋索那一句話，不論怎樣，「人生，……人生只不過如此罷了！」

不久忽然臺上耍了一套彩頭，將全場大小電燈，煤氣燈，完全熄滅。黑暗了，且是黑暗的對面不能看得見人影。而臺上彷彿青磷般的閃動，有在上面跳舞的，黑暗中群眾的切切與嚷嚷的聲音。如同沙上的群蟹的爬動，如同在洞內蝙蝠群飛……我正自在心中這樣的比擬，忽覺得彷彿有人正色向我質問道：

「你豈不是侮辱了人類嗎？沙上之蟹……甚麼東西？」

我想著，便不由地啞然失笑了出來。與我同來的那位友人，反嚇了一下，他說：

「你莫非笑他舞得露出下部的腿來嗎？」

我經他這一問，反而默然，又墮回這個人間，而非他人所謂不近情理的世界。

於是又暫時光明了，細看來自娛與聊以娛人的人們，額上的汗珠，都拭擦不及。而水蒸氣與臭味瀰漫，卻充滿了這個大的圓場。圓場中的人類呵，暫時靜坐與間隔的紛擾，如波浪般的起伏和爭逐。

大的喧嚷與嘩唱，在臺上重複鬧出。而臺上的人們，也隨之作一陣一陣地起鬨的聲音。電扇的轉動，也似加增了速度。然而我對於這些種種外來的景色卻不能引起我的感應，只感一種寂寥的悲哀，在我心頭蕩動！

一陣高喊與毆打的聲音，起於樓下。而其餘坐上的人，只有將眼睛略為斜視一點，便無事般的又去注定全神，看那臺上的假裝的舞女。本來呵，粉光的臉，柔而白的手臂，活潑潑斜睇的眼光，用細胞組成的皮膚所遮掩過的白骨的骷髏，自然能惹得人們注意。而樓下鬧了一晌，便見幾個巡捕，扶出了一個破了頭的青衣的人出去。而臺上仍然是鬼神出沒鑼鼓喧天，座上的人，仍是點頭砸舌般地彷彿讚美，又彷彿驚異。

在這個劇場中我感到深深的寂寞，感到一切的無聊的象徵，領受了一些亂雜的光，與不調和的音的煩擾，於是我便從心頭上一一去記起人生的生活方式的無窮的類。其中之一是昨夜裡在友人露臺上的一段談話：

C對我說：「我看人生透極了，左右不過如此。聊以取愉樂於一時吧！」

我靜對著白白的星光，沒得言語能解答他。

聯想又使我記起一事。在三年前的一個冬日裡，在北京的一條小而清靜得連犬吠也聞不到的巷中。我同S君，正圍著一個泥製的火爐對坐。門外北風吹了雪花，打在窗紙上，清清冷冷地微響。因為各人有各人的心事，互在胸裡。我伏在椅背上，S君取一本瓦德新作的《社會學》在手裡，卻沒有去閱讀。半晌，S君拍的一聲將書丟在案上，憤然道地：

「劍三你信從倫理學上的目的說嗎？」

我愕然沒有答他，他又道：

「甚麼是目的？人生的目的在那裡？並且拘文牽義，說到，……」

我至終也沒有回答他。

由過去的經驗與回想，使我如抽絲般地由我的腦中想起來，印證這個暑夜圓場中新感受到的印象。唉，世界果然全裝在客觀的鏡中嗎？人們的情感之流，果然最容易為外界的景物所轉移嗎？

我由煩擾，使耳目失了作用的劇場中歸來，臥在帳內。總睡不寧貼。只有對著由綠紗中射過來的月光，這樣而疑悶地思索。

月光冷冷地不答覆我，後來便似在夢中，有個披髮白衣的女子，贈了我一首歌詞。只記得上半段是：

擷取幽徑上的芳草喲，

摘取天上的明星喲，

既用以塞我聽，復用以蔽我明。

人間的世界呵！
只是旋轉擾動，……
在微黃色的朦朧中；
在血泊的腥臭的流上；
在荒無草、木、花的沙磧的表層。
一個赤紅色的球形的象徵；
一個悲哀使者的導引；
一叢枯草中的亂蛙鳴。
人間呵！可有個清輕的靈魂的歸程？

哦！不盡的言辭，卻屏逐在記憶力之外了。覺後還彷彿見那個白衣女郎飄動著裙帶，在黑暗的遠處來指引我！

興味呵，只是冰冷！……

（這篇文字或者稱不起是篇小說，但我真實的有這回經驗，與在這一瞬間的感想及回念。所以我就不假修飾地寫了出來。值得稱為小說與否，那我就不計較了。作者記。）

一九二二年八月二十七日

湖畔兒語

因為我家城裡那個向來很著名的湖上，滿生了蘆葦和滿浮了無數的大船，分外顯得逼仄、湫隘、喧嚷，所以我也不很高興常去遊逛。有時幾個友人約著蕩槳湖中，每每到了晚上，各種雜亂的聲音一齊並作，鑼鼓聲、尖利的胡琴聲、不很好聽的唱聲、男人的居心喊鬧與粉面光頭的女人調笑，更夾雜上小舟賣物的叫聲，幾乎把靜靜的湖水掀起了「大波」。因此，我去逛湖的時候，只有收視反聽地去尋思些自己的事。有時在夕陽明滅、返映著湖水的時候，我卻常常一個人跑到湖邊僻靜處去乘涼。一邊散步，一邊聽著青蛙在草中奏著雨後之歌，看看小鳥啁啾著向柳枝上飛跳，還覺有些興致。每在此時，一方引動我對於自然景物的鑒賞，一方卻激發起無限的悠渺尋思。

一抹紺色間以青紫色的霞光，返映著湖堤上雨後的碧柳。某某祠廟的東邊，有個小小荷蕩，這處的荷葉最大不過，高得幾乎比人還高。葉下的潔白如玉雕的荷花，到過午後，像慢慢地將花朵閉起。偶然一兩隻蜜蜂飛來飛去，還留戀著花香的氣味，不肯即行歸去。紅霞照在湛綠的水上，散為金光，而紅霞中快下沉的日光，也幻成異樣的色彩。一層層的光與色，相蕩相薄，閃閃爍爍地都映現在我的眼底。我因昨天一連落了六七個小時的急雨，今日天還晴朗，便獨自順步到湖西岸來，看一看雨後的湖邊景色。斜鋪的石道上滿生了莓苔，我穿的皮鞋踏在上面，顯出分明的印痕。

這時湖中正人聲亂嚷，且是爭吵的厲害。我便慢慢地踱著，向石道的那邊走去。疏疏的柳枝與顫顫的蘆葦旁的初開的蓼花，隨著西風在水濱搖舞。這裡可說是全湖上最冷靜幽僻的地方，除了偶爾遇到一二個行人之外，只有噪晚的小鳥在樹上叫著。亂草中時有閣閣的蛙聲與牠們作伴。

我在這片時中覺得心上比較平時恬靜好些。但對於這轉眼即去的光景，卻也不覺得有甚麼深重的留戀。因為一時的清幽光景的感受，卻記起「夕陽黃昏」的舊話，所以對留戀的思想也有點怕去思索了。

低頭凝思著，疲重腳步也懶得時時舉起。天上紺色與青紫色的霞光，也越散越淡了。而太陽的光已大半沉在返映的水裡。我雖知時候漸漸晚了，卻又不願即行回家，遂即揀了一塊湖邊的白石，坐在上面。聽著新秋噪晚的殘蟬，便覺得在黃昏迷濛的湖上漸有秋意了。一個人坐在幾株柳樹之下，看見漸遠漸淡的黃昏微光，以及從遠處映過來的幾星燈火。天氣並不十分煩熱，到了晚上，覺得有些嫩涼的感觸。同時也似乎因此涼意，給了我一些蒼蒼茫茫的沒有著落的興感。

我正自無意地想著，忽然聽得柳樹後面有擦擦的聲音。在靜默中，我聽了彷彿有點疑懼！過了一會，又聽得有個輕動的腳步聲，在後面的葦塘裡亂走。我便跳起來繞過柳樹，走到後面的葦塘邊下。那時模模糊糊地已不能看得清楚。但在葦芽旁邊的泥堆上卻有個小小的人影，我便叫了一聲道：「你是誰？」

不料那個黑影卻不答我。

本來這個地方是很僻靜的，每當晚上，更沒人在這裡停留。況且黑暗的空間越來越大，柳葉與葦葉還時時搖擦著作出微響。於是我覺得有點恐怖了。便接著又將「你是誰」三個字喊了一遍。正在我還沒有回過身來的時候，泥堆上小小的黑影，卻用細咽無力的聲音，給我一個答語是：

「我是小順，……在這裡釣……魚。」

他後一個字，已經嘶了下去，且是有點顫抖。我聽這個聲音，便斷定是個十一二歲男孩子的聲音，但我分外疑惑了！便問他道：「天已經黑了下來，水裡的魚還能釣嗎？還看得見嗎？」那小小的黑影又不答我。

「你在什麼地方住？」

「在順門街馬頭巷裡。……」由他這一句話使我聽了這個弱小口音彷彿在哪裡聽過的。便趕近一步道：「你從前就在馬頭巷住嗎？」

「不，」那個小男孩迅速地說，「我以前住在晏平街。……」

我於是突然把陳事記起，「哦！你不是陳家的小孩子，……你爸爸不是鐵匠陳舉嗎？」

小孩子這時已把竹竿從水中拖起，赤了腳跑下泥堆來道：「是……爸爸是做鐵匠的，你是誰？」

我靠近看那個小孩子的面貌，尚可約略分清。哪裡是像五六歲時候的可愛的小順呀！滿臉上烏黑，不知是泥還是煤煙。穿了一件藍布小衫，下邊露了多半部的腿，身上發出一陣泥土與汗溼氣味。他見我叫出他的名字，便呆呆地看著我。他的確不知道我是誰，的確他是不記得了。我回想小順四五歲的時候，那時我還非常的好戲弄小孩子。每從他家門首走過，看見他同他母親坐在那棵古幹濃蔭的大槐樹的底下，他每每在母親的懷中唱小公雞的兒歌與我聽。現在已經有六年多了，我也時常不在家中。但是後來聽見家中人說，前街上的小順遷居走了。這也不過是聽自傳說，並不知道是遷到什麼地方去了。我每經過前街的時候，看看小順的門首另換了人名的貼紙，我便覺得悵然，彷彿失掉了一件常常作我的伴的東西！在這日黃昏的冷清清的湖畔，忽然遇到他，怎不使我驚疑！尤其可怪的，怎麼先時那個紅頰白手的小順，如今竟然同街頭的小叫化子差不多了？他父親是個安分的鐵匠，也還可以照顧得起小孩子。哦！

我即刻將他領到我坐的白石上面，與他作詳細的問答。

我就先告訴他‧他幾歲時我怎樣常常見他，並且常引逗他喊笑。但他卻懵然了。過後我便同他一問一答地談起來。

「你的爸爸現在在哪裡？」

「算在家裡。……」小順遲疑地答我。我從他呆呆目光中，看得出他對於我這老朋友有點奇怪。

「你爸爸還給人家作活嗎？」

「什麼？……他每天只是不在家，卻也沒有一次，……帶回錢來，……作活……嗎？……不知道。」

「你媽呢？」

「死了！」小順簡單而急迅地說。

我驟然為之一驚！這也是必然的，因為小順的母親是個瘦弱矮小的婦人，據以前我聽見人家說過她嫁了十三年，生過七個小孩子，到末後卻只剩小順一個。然而想不到時間送人卻這樣的快！

「現在呢，家中還有誰？」

「還有媽，後來的。……」

「哦！你家現在比從前窮了嗎？看你的……」

小順果然是個自小就很聰明的孩子，他見我不客氣地問起他家「窮」來，便呆呆地看著遠處迷漫中的煙水。一會兒低下頭去，半晌才低聲說道：

「常是沒有飯吃呢！我爸爸也常常不在家裡。……」

「他到哪裡去？」

「我不知道，……可是每天早飯後才來家一次。……聽說在煙館裡給人家伺候，……不知道在哪裡。」

說這幾句話時，他是低聲遲緩地對我說。我對於他家現在的情形，便多分明了了。一時的好問，便逼我更進一步向他繼續問道：

「你……現在的媽多少年紀？還好呵？」

「聽人家說我媽不過三十呢。她娘家是東門裡的牛家。……」他說到這裡，臉上彷彿有點疑惑與不安的神氣。我又問道：

「你媽還打你嗎？」

「她嗎，沒有工夫。……」他決絕地答。

我以為他家現在的狀況，一個年輕的婦女支持他們全家的生計，自然沒得有好多的工夫。

「那麼她作什麼活計呢？……」

「活計？……沒有的，不過每天下午便忙了起來。所以也不准我在家裡。……每天在晚上，這個葦塘邊，我只在這裡；……在這裡！……」

「什麼？……」

小順也會摹仿成人的態度，由他小小的鼻孔中，哼了一聲道：「我家裡常常是有客人去的！有時每晚上總有兩三個人，有時冷清清地一個也不上門。……」

我聽了這個話，有點驚顫，……他卻不斷地向我道：

「……我媽還可以有錢做飯吃。……他們來的時候，媽便把我喊出來，不到半夜，是不叫我回去的。我爸爸他是知道的，他夜裡是再不回來的。……」

我聽到這裡，已經明白了小順是在一個什麼環境裡了。彷彿有一篇小說中的事實告訴我：一個黃而瘦弱、目眶下陷、蓬著頭髮的小孩子，每天只是赤著腳，在葦塘裡遊逛。忍著飢餓，去聽鳥朋友與水邊蛙朋友的言語。時而去聽聽葦中的風聲——這自然的音樂。但是父親是個伺候偷吸鴉片的小夥役。母親呢，且是後母；是為了生活，去做最苦不過的出賣肉體的事。待到夜靜人稀的時候，唯有星光送他回家。明日呵，又是同樣的一天！這彷彿是從小說中告訴我的一般。我真不相信，我幼時常常見面的玉雪可愛的小順，竟會到這般田地？末後，我又問他一句：「天天晚上，在你家出入的是些什麼樣的人？」

小順道：「我也不能常看見他們，有時也可以看一眼。他們，有的是穿了灰色短衣，歪戴了軍帽的；有些身上儘是些煤油氣，身上都帶有粗的銀鏈子的；還有幾個是穿長衫的呢，每天晚上常有三個和四個，……可是有的時候一個也不上門。」

「那為什麼呢？」

我覺得這種逼迫的問法，太對不起這個小孩子了。但又不能不問他。

小順笑著向我說道：「你怎麼不知道呢？在馬頭巷那幾條小道上，每家人家，每天晚上都有人去的！……」他接著又笑了。彷彿笑我一個讀書人，卻這樣的少見少聞一般。

我覺得沒有什麼再問他了，而且也不忍再教這個天真爛漫的孩子，多告訴這種悲慘的歷史。他這時也像正在尋思什麼一般，望著黃昏淡霧下的星光出神。我想：果使小順的親媽在日子怕還不至如此，然而以一個婦女過這樣的生活，他的現在的媽，自然也是天天在地獄中度生活的！

家庭呵！家庭的組織與時代的迫逼呀，社會生計的壓榨呀！我本來趁這場雨後為消閒到湖邊逛逛的，如今許多煩擾複雜的問題又在胸中打起圈子來。

試想一個忍著飢苦的小孩子，在黃昏後獨自跑到葦塘邊來，消磨大半夜。又試想到他的母親，因為支持全家的生活，而受最大且長久的侮辱，這樣非人的生活！現代社會組織下貧民的無可如何的死路！我想到這裡，一重重的疑悶、煩激，再坐不住，而方才湖上晚景給我的鮮明清幽的印象，早隨同黑暗沉落在湖的深處了。

我知道小順不敢在這個時候回家去，但我又不忍遺棄這個孤無伴侶的小孩子，在夜中的湖岸上獨看星光。因此使我感到悲哀更加上一份躊躇。我只索同他坐在柳樹下面。待要再問他，實在覺得有點不忍。同時，我靜靜地想到每一個環境中造就的兒童，……使我對著眼前的小順以及其他在小順的地位上的兒童為之顫慄！

正在這個無可如何的時候，突有一個急遽的聲音由對面傳來。原來是喊的「小順……在哪……裡呵？」幾個字，我不覺得愕然地站起來。小順也嚇得把手中沒放下的竹竿投在水裡，由一邊的小徑上跑過去。我在迷惘中不曉得什麼事突然發生。這時由葦叢對面跑過來的一個中年人的黑影，拉了小順就走。一邊走著，一邊說道：「你爸爸今天晚上在菸館子被……巡警抓了……進去，你家裡……伍大爺正在那裡，誰敢去得？……小孩子！……西鄰家李伯伯，叫我把你喊……去。……」

他們的黑影，隨了夜中的濃霧，漸走漸遠。而那位中年男子說話的聲音也聽不分明了。

我一步步地踱回家來。在濃密的夜霧中，行人少了。我只覺得胸頭沉沉地，彷彿這天晚上的氣壓度數分外低。一路上引導我的星光，也十分黯淡，不如平常明亮。

一九二二年八月

鐘聲

月光和蕩地映在用磚砌成的平臺上面，獨照著我們兩個人的身影。碧空的秋夜的靜氣，如同禁住人間的呼吸一樣。微風過處，吹得沿牆外的柳葉，散在地上瑟瑟地響。這時正是青白色的月亮尚沒十分圓的秋夜，已是斜了天河，在月光上看去，其中如同有些銀濤起落般的搖動。星光看不很明朗，然而獨有近在天河畔上的參差的星光，還隱約看得清楚些。

四圍的聲息，安靜了。好在這左近的地方很少人家居住，連犬吠的聲音也聽不到。由月光下所看見的索索響的蘆葦，不很高的獨立的土堆，土堆上面幾棵枯枝的樹影。除此以外只有青白色的月亮，星星側在天河，與平臺上的沉寂的人影兩個。

已是十月的天氣，夜間的冷威，已很嚴重了，況且在這個孤伶伶地方。立在那裡，更感到精神上起一種冷的接觸。每當夏日，廟外的葦塘中，常有水禽不斷來來往往地飛，作出清脆的鳴聲來。不過人生的時間，常是變換著，催迫著的。好的時間，好的風景，在人生中，也不過幾個一瞬一瞬，便就丟掉了。回黃轉綠，那終不過是敦厚的詩人聊以自慰的話罷了，其實我在這個冷僻的秋夜的陶然亭上，只有從內心中發生出真誠而淒清的細感，望著那四無人聲，霜華隱約的空間。

正不必是在登山臨水的時間中，正不必是在風淒雨迅的時間中，方能引起人們的情感，於無窮的意想裡呵，只在此地，只在這樣的一個月夜之下，只在這個單調而疏落的風景中，雁也沒來，酒也未飲，淒淒咽咽地徘徊在這平臺之上，仰看著彷彿冷笑的月亮，懸在沒有片雲的空中，俯視著我們，淡淡地賜予我們以色素的象徵，夠了呵！思量也罷，不思量也罷，心影上的怔忡，情緒上的波翻，悠悠呵，渺渺呵，外象能添印上些什麼樣的刻鏤的傷痕在心上，然而又到底為什麼只是覺得在胸頭上，不知積壓了多少不盡的言辭，卻說不出？

在這如同幻化的景色之下，不過一瞥時之內我已將上面亙在心上的言辭，翻覆尋思了幾遍。

「前年我同一個朋友在中秋夜時，曾來過一次。你看不過二年，那時牆外的小柳樹，還不到現在的一半高呢。」立在我左邊與我同來的朋友T君，慢慢地向我說。

我正對著前面枯了的葦塘望著，從事我迅速的感思。聽他說著，我便將頭向左邊回過來，質問般道地：「中秋，……現在過了今年的中秋，又幾個月了。……可是你來到北京幾年沒有回家去。因為每到了假期，別人都忙忙地跑回去，總沒聽見你曾有這回事……幾年了！」我忽然拿這種話來問他，自己也不知如何突然聯想起來的。

他道：「記不得了，呵！一年，二，……三，四年多了吧！」下面他似乎還有話而沒曾說出，便噤住了。其實我心上正在盤算著別一件事，作回思的工作。也沒留心去問他。但是照常的答了一句。

「四年，日子不能算少了！」

他不語，我也不語。

忽然聽得身後的磚壁上面，嘩啦地響了一聲，我陡吃一驚，回頭看時一個黑色的大貓正跳過屋簷上去，卻踹下一片瓦來。

聲音或者也與人的思想有何關連，因這驟然的驚嚇，反將我藏在心中，沒有想到說出的話，繼續鄭重地向他問道：「你為什麼不回家呢？……本來路太遠了。也有點重於勞頓呵。」

他將兩手交握在腹上，並沒有即刻答覆我，我素來知道他的性情，並不奇異，也沒有再催問他。過了有三四分鐘的時候，他仍然慢吞吞道地：

「回去做什麼呢？」

這樣的答覆，是令人沉悶不過。我待要怎樣再質問他？而自己卻叮囑自己，不問也罷了，誰還沒有幾許不能完全說出的話。何必呢，埋在各人的心裡，或者還覺得安穩些。說出來左右不過是如此呵。什麼都是一樣，我也是有這個脾氣，總覺得常是深祕保藏了的話，越發在靜中咀嚼起來有意味些，哪怕意味是苦的，酸辛的。有時說出一分來，彷彿將心意來瘦減了一分似的。我正自想著，不料他卻又向我道：

「你有疑惑嗎？……實在我同你兩年來作了極熟的朋友，你還要問我這個話。……自然是我的不是，然而誰願將自己的心，常掛在嘴角上呢。」

「不大懂得你話裡的意思。」我不能不這樣問他了。

「又何必懂呵！人間有幾個人是可以懂得話裡的意思的，膈膜……人間原是張了膈膜的密網，要將人們全個籠在裡面的。……回家！啊，劍三，哪個地方有我們的心願之家？」他說這些話，微微帶些酸楚了。枯葦在塘邊低唱著細咽的輓歌，如同贊和他的話音一般。

T君是位一見令人生出異感來的青年：蒼白的面色，眼眶下有時帶點青痕，不常言語的冷祕的態度，瘦削的身軀，表示出包有多少抑鬱與不安的情緒在內。我與他相熟的日子很多了，在這晚上我們發了逸興，來到冷清的古寺的前時。我素來對於他的態度、言語，每見過他之後，就給我多添上一重深刻的印象，彷彿在他那常是戚戚的眉痕下面，聚藏了無限的神祕，與令人思想不到的事實。這時我聽了這種帶有悲感的詩味的言語之後，雖在月光下，我又不禁將他那副清秀而奇異的面部，看了一眼。

似乎是情緒緊張著的他，將雙手插在大衣的袋裡，在窄狹的平臺上面，來回走了兩遍，又往下望了望東面的枯樹中的月影。便慨然道：「我有家的，我有我埋在墓中的父親，也有我遠嫁的姊妹，也有我生活困苦的母親與兄弟，家呵，有的，但如今差不多每一人分為一個家了！只有精神上的家屋的建築！……我也是血肉相合成的一個人，我就不想重回到我那遠在五千里外的故鄉去，擷一束野花供在父親的墓上，去跟我那年老的母親、兄弟聚會？去撫視我童年時種成的花、樹？去倚著我家的籬笆，看清溪的夜月？但生活逼迫著我，命運縛束著我，你知道我現在一面替人家每日作四小時的苦工，一面強制著時時蕩動的感情，去研究著茫無頭緒的學問，我又怎樣能以回家去？……人的思想，有時對於目前的事，反而遺忘了。……不過雖知我如你，這種疑問，也要從直覺中問出來的。……再深一層說吧，我刻下不能回家，是時間限我，經濟的鏈子鎖住我的身體，更有……我差不多真也沒有回去的勇氣了。……」他說到這裡，又似應該停筆的段落一般，突然止住。

人的言語，當然是有深與淺的層次的。越是在情緒沉摯與復亂的時候，言語中間更多曲折，往往本來可以一氣說下的，反而說了半晌，沒有頭緒。這種經驗，我也曾有過，所以對於T君在這時所告訴我的話，我的心上，雖是替他煩亂，但我並不催促著他即時說下。

團團的明月，好似在上面竊聽我們的私語一般，又似嘲笑著人們在這個灰色的世界中，紛擾凌亂地過那種種的生活，而到這時卻對著她有言無言地訴說衷曲。其實在一開了眼睛的生活的行程中，哪裡還不是茫無畔岸？哪時還不是凌亂而紛擾啊？但千古流著銀光的月亮，恐怕見慣了人間世的情態，也不免冷眼相視了呵。

他在言語暫停的時間內，我便生出種種的理想來，終究也沒曾得個判斷的結論。我自己覺得有時幾乎如同透視過全世界的一切事物似的，卻何嘗不在紛擾凌亂中起精神上的衝突呢。

我這時自己不能忍耐了，便暫將理想中的鏡子，牽過心上的帷幕遮掩過去，接著問他為什麼沒有回去的勇力？他也絕不吝嗇不遲滯地將他藏在心中的舊事，隱隱約約地向我述說了一遍。

他道：「我本來不想再說什麼了。言語是所以使得彼此的感思，可以交通的，但有時一毫也沒有用處。你以為樹上的葉子，被風吹著響了起來，我們聽了，或以為同奏著天然的音樂似的，以為很得了聲音的天然的妙趣，試問樹與葉的己身，未嘗不以為這是可煩惱的事呵。我久藏在心底的話，其實是沒有什麼可說的。即便說了出來，也未必能以使得聽者以為哀感，以為有興會。平板而且細微的事，或者差不多的人也有過的。……我說我因此即沒有回去的勇氣，未免過於誇大了，我自己也覺得以為不安，然而在事實上，卻也似乎有這一點的關連吧。……總是不安的生活，與難以容納的回憶。

「我總是怕遇到那個薄雲淡籠了月光的秋夜。像這樣皎皎的銀光射到我的心上，不過淒淒的感到幽憂的搏擊罷了，最是當著不是黑暗的夜中，而月光卻被雲影吞蝕了去的時候，這樣我不但感到了搏擊我的幽憂，更且有種欲哭的恐怖，包住了我的心身。

「戀愛原是沒有什麼意義的，如果我們細加尋思起來。我現在聽到他人說這兩個字，幾乎有點憎恨與詛咒的思想了。這並不是偽言呵，覺得一個人，無論誰，都要由這個富有引誘之色彩中，跳進，跳出，跳出又重複跳進，明是排列好的密密地的網羅，除了白痴與有神經病的瘋人之外，誰也脫免不過。造物的主宰力，未免對於多難的人生，過於酷苛了。其實戀愛也不成一個名詞，左不過是衝動與佔有欲的更熱烈的發展罷了。劍三，你或者以為我的主見太偏頗了……夢痕的留影，還不是空花嗎？我們明知道是空花，卻偏要他在現實的生命中，費多少精神，心血，去發見出來，且要歌誦他，供養他，崇拜他，誰道人類是最靈不過的動物呀。

「罷了！明明如月，獨有她知道呢！然而刻在我心上的傷痕，她又何曾真真地照到。

「我就將這種傷痕的經過，告訴你一段吧。你也再不必去找頭補尾地問我了，我也沒有法子說，或者是記憶不許我多說，你又何必多聽呵。不記得了，我那年正是十幾歲是在很幼稚的童年吧。第一次我曾見她，誰呵，總是個女孩子的。在我們家鄉中，風景自來是為外人所稱道的，有曲折的清流，有秀潤的山峰，在我家的住處，更有許多的果園，與一二處古時建立的廟宇的勝蹟。在一年的秋日，我那個江村中，因為豐年的秋收，便舉行了一個極熱鬧，而引動左近鄉村中的人都來參觀的大賽會。許多在城中正讀書的小學生，也都被家庭中使人叫了回來，湊那幾天的局面，現在想來，覺得實在有點不值得了。然而鄉民雖是愚陋，比較還看出那時鄉村的富力，和生活的安定呵。我自然是在城中讀書的兒童之一，那時我母親特地為我縫了一身新鮮的衣服，粉紅色的緞袍，與新由遠處託人買到的皮鞋，給我穿上去參加那個盛會。我那時雖知這等迷信的事，是可笑的，但為了遊戲起見，自然也不反對。如今想來，那還是我一家人，最為快活歡聚的好時候。現在雖欲再穿了粉紅緞袍，與不合適的皮鞋，遙遙的隔了幾千里的白髮的母親，更何從看得見！而且給我整展衣角呢！……唉！什麼事只不過餘得個『過去』二字呵！

「有一夜，正是那個賽會舉行最末後的一次，煙火咧，夜戲咧，哄動得各鄉村中的人們，都來參加。當著夜會完結之後，我家中也開了一個筵會，招待那些親友。我是記得很清楚的，在一間舊式的大屋中，滿排列著些菊花，與由園中摘下來收藏了多日的果品。我家的親友與他們所介紹的他們的親友，大人、小孩子、姑娘們，都在屋子中隨意坐了吃東西。屋子中騰滿了笑聲，彼此歡樂地雜談。我也在他們的群中，不過聽他們的言語與笑聲，卻不感到有何趣味。獨有一位姑娘，與我對面坐著，在那裡很安閒地吃一個梨子。我不由時時注視著她。在那時自己彷彿感到有種羞愧，且不安的態度。時時起立，又時時坐下，去細細地看我的衣服上有沒有汙跡，以及坐折的痕，曾有幾處。這等心理，在我自己何曾明白，直到現在，也還是仍然不能明白。她穿了極潔淨而樸素的衣服，看那個樣子，如同城中的女學生相仿。可是那時鄉村中，在城裡讀書的女子很少，我也不敢決定。……後來究竟被一位老婦人將我們來介紹了。她還說：你們正可以談得來哩，吳姑娘是女學生，說說笑笑，不像他們沒見過一點世面的，這樣我們便在燈影下作第一次的談話了。……如今記得什麼呢？起初還很羞澀的，不好意思多說，究竟是小孩子，沒有成人的虛偽，後來她竟寫出一個英文字問我。說來也非常可笑，那時在城中所學的英文，過於淺了。她寫出一個 Beauty 字來，將 t 上的一橫畫忘了，弄得我究竟也沒有想起那是個什麼字。她是個天真的女孩子，而且聰明，活潑，不過那時她並不取笑我。跟我東一片西一片說了許多有趣味的事，不曉得為什麼，我就覺得自己的靈感，已似乎被她所引動起的一般。向來不肯說話的，到那時說得又伶俐又有趣了。記得她頭上簪了一朵小蕊沒開的粉色菊花，在燈光下，她那雙明慧的目光，幾乎將我的全神攝住了。……這是第一次呵！但那夜正是個薄雲籠住了月光的秋夜，夜已深了，人多散了，她自然也同了同來的要歸去了。我覺得由她的目光，總是使我起一種留戀的意念。不知是我自己的幻想不是，不過我總相信人的初戀，方是一個異境的新到。而那時何嘗夢見過這兩個字，含有何等的意義。

「我悃悃地送她歸去，即在那個灰暗色的夜中，同了母親、妹妹，送她們沿著籬笆到一位親戚家中去住下。因為她不是我們村子中的人。江風吹送來的夜寒，使人顫慄，一樣的寂靜的空間，不過我心中充滿了活潑愉快，與含有疑問般的戀念。……」

他說到戀念兩個字，仰頭向上邊的明月，吁了一口氣，用手撫著頭髮，像是對他舊日的思想，加了選擇的批判一般。我聽了且不去尋究後來的事實，只此一點呵，已經使我代他生出無限的悵念出來。

T住了一會，便又道：「還有一次，是在第二年了。她到我們的鄉村中我的親戚家來，住過幾天。我那時雖是好在外面作釣魚，捉蟋蟀等等興趣的事，但自從她來過之後，便把這些事看得很為淡薄了。每天總想去同她說說一切的事，那自然不止是限於研究英文字母的事了。有一天早上，我抱了一大本新出版的鉛筆圖畫，想去送與她看。因為那家親戚的家中，我是走得很熟了，便一直地到她的屋子中。哪知她正在梳頭，有我親戚家的一位老太太，一邊為她用牙篦分開頭髮，一邊卻鄭重地向我下第一次的命令。什麼呢？就是不準我沒早沒晚的來。當時我覺得如同受了重大的羞辱一般，在柔弱的心中，填滿了憤怒。她呢，也暈紅了眼角，沒得言語。幸而有黑而厚的頭髮蓋住，沒有被那位老婦人看見她的淚珠，滴在衣領上。

「自此以後，我與她便少有見面的機緣了。而且以後還有的，……唉，我又何必說呵！總之，現在所餘有的，只有『過去』的追憶了！只有在薄雲籠了月光的秋夜中，所給予我的同一印象的感觸！當時甜蜜的笑語，江邊上的馳逐，然而竟然還遇到那種難堪的嫌疑的命令，何況……呵！罷罷！現在呢，什麼事都變化了。我一個人的飄流，生活迫壓我，社會的冷遇我，我更有什麼心情去尋思這種細微的小兒女的瑣事！然而我又怎麼能加以理智的判斷，……不去思及？現在因經濟與其他的事，我不能回家；即回去呵，對於舊跡上的回思，只感到攪碎了靈魂般的抖顫，便自然的將勇力減去若干呵！……」

他這段話，說得並沒終結。我又急切問他，他卻掉頭去道：「記憶不得了！又何必再說！……是這樣的，總是一個不滿的結局呵！月圓，月缺，原不算得什麼事，只是盈與虛裡，卻儘是血痕與淚痕，填在中間。……

「我每逢到月夜，尤其是有薄雲的秋夜，白日任有如何勞苦的工作，而夜間是不能睡的，有時如同入了幻境一般。……

「人生第一次所受到的悲哀，嚴重的教訓，莫過於知道人與人之間，須要層隔障呀！……」

皎白的霜華，包住了一個明月，冷清清的四周，獨有我們兩個人立在那裡。他閃閃爍爍地敘出他童年初戀史的一段，我覺得這個廣大的世界，似乎過於窄狹了。我真感到這種幻網中的生活，只是如此。我聽著臺下落葉淒淒地微語，更找不出什麼話來能夠慰藉他。

但他卻又發起議論來了。

「由外象印刻到我的心中的情感，更不必是專說血呀，淚呀，說得過於嚴重了。細微的，便是永難忘懷的。真正傳達胸臆的話，又何必是狂歌灑涕呵！方寸中的舊事的縈回，今到何處去重行覓回？我預計著我即強打精神，而生活上也還可容得我回到故鄉去的時候，也不過往前走一程添一程的心頭上的沉滯吧！而現在更說不到呵！」

夜深了，身上的寒氣陡增，而得意的明月，卻更顯出靜夜中的光輝來。我們再不言語了。及至回到平臺後的屋子中時，雖是沒有燃燈火的屋中，被月光照著，什麼都很清楚。他伏在案上住了一會，便藉著月光，用水筆在紙片上寫了一首詩與我，我又重複走出門外，映著月下的銀光。看是：

燈下的舊痕，
從迷惘中飛過去了！
盛開之筵的杯前；
甜適之語的聲裡，
外邊有人來了，
請她歸去。
紅燭的焰下，
只餘了我家人的評語，
只餘了我第一次的心頭顫跳呵！……

這首詩不曉得是他以前作的，還是因為談話所引起的悲感作的，我又重行看了一遍。方要問他時，突然鐺的一聲，清激而遠蕩的夜鐘之聲，由北面的龍泉寺中傳來，便把我欲言的話噤住了。

一九二二年十一月五日，於北京

雨夕

雨夕

「秋雨疏偏響，秋蟲夜迸啼，空床取次薄衾攜，未到酒醒時候已淒淒，塞雁橫天遠，江雲擁樹低，一灣楊柳板橋西，料得黃昏獨上小樓梯。」

這一闋舊詞，在他看來，重複低徊地看來，不但覺得有種細微酸惻的感動，反而感到自己為什麼這樣無聊，在好好的一個初秋夜裡，憑著有若干應讀的書不去參閱，卻在看它，而惹起些不能言寫的淒咽呢？近來他苦心焦思，祛除一些的幻想，與對於細小的事實的探索與尋思，專心去埋頭作他的為生活而擔任的職務，偶而閒暇的時候，強將以前如春潮般動盪起落的思想，與感念希圖的事，排除在心頭之外，如同有人在身旁嚴正監視他一絲不肯放鬆地去讀經濟學一類的書。但這顯見得不是十分成功的。在從前，當他在專門學校中的時候，他對於經濟學一類的書，雖非很歡喜去研究，但教員講的，他還明白些什麼是價值、產業，生產這種名辭，他還可以明其大意。在最近的現在呢，他購買了幾十冊西洋名作的應用經濟學，與純粹有深奧理論的經濟原理的書，的確他真正地去讀，去記！每天總要在未作他的職務以前，如同同人賭氣爭勝般地去讀三四點鐘。但怎樣呢？這於他卻一點利益都得不到，甚至連以前在學校中所記得與當時自己解釋得以為很明晰的專門學術的名辭，如今反而越看越不清楚了。他一面用萬分勉力來讀這種專門考據學問的書，任管他怎樣自己憤恨地去真正研究，然而當他看見那些人造的名辭上面，他不自知地便將一顆很委婉而聰明的心，移到別處去。他記得以前有位女朋友向他說，她簡直不能研究學問，因為她有時也是這樣地看書，不知在字裡行間說的什麼事。反而將心思用到無頭緒的他事上面。他當時曾誹笑過她，勸勉過她，而現在他卻更墜入一層了。這是使他生煩惱的一個最大的原因，但越是煩惱，越要用力，其結果心卻越移得遠些。他獨居在這個側巷的寓所小樓上面，每天沒有到報館以前，老早就起來，他睡眠很少。亂寫一會字，在窄窄的樓欄上步行若干次，回到屋子中，向著正射著玻璃窗上的灰塵的陽光出一回神，無聊，寂寞，在他卻不知以此為苦。時候到了，瞧瞧案上的自鳴鐘正午了，將近一點鐘了，於是他心中便想道，時候又到了，讀吧，讀吧，除此之外他更沒有什麼敢去尋思的事。本來呢，他也知道什麼事不用重行思想了。打開書本又照例取一本厚冊的書，壓住一面，一手執了那面的書角閱起，他恐怕善忘，每次讀完之後，總是用有色的鉛筆記住。一行，兩行，三個短行沒有讀完，本來什麼事不敢去尋思的，他竟然會一定的——如同按照定例一般的準確——入了迷夢。在這個靜裡思悟的短時間中，他再不會將強抑下的心，不使它重行跳蕩起來。遇到一個名辭，幾個字連數著一個意義，他居然會將經濟學上的話推演，展延成他白日迷夢中的一切事的符號。不但對於這門學問上的那句話，那個名辭，是用不妥當，思解不明白，並且連通常的概念也弄得分歧而迷惑。不過奇怪得很，他並不棄書而起，或是專作自己精神上的迷夢的生活。他還是用微音的由口中讀過，教他人看見他是怎樣的一個力學的人。不過他的心早飛在暮雲的陰沉的幕裡，或是花葉上的微塵上去了。

他這種不習於規律而強要順行在規律中的每日生活的歷程，他是保守得極嚴密的。是不情願有一天的錯誤的。他閱經濟類的書，儘管閱看，儘管作他的迷夢。一頁一頁地翻檢過去，又確乎一行一行的一字也不曾遺漏地看過。不到一定的時間，他是再不從椅子上起來的。及至到報館去的時間，便有在路中耽擱的少許的時候了，於是他用有色鉛筆，在書上寫了記號，迷惘地起立，穿了外衣，低頭走出。每逢到了街上，他便彷彿吐了口惡氣一般，似乎是「今天又沒曾虛過了，今天卻又要快過去了，也好吧」，這三種簡單而少有趣味的言語，他雖不曾說出，每天在他要往報館去時，總是不期而然的在心中籌思一遍。那或者也是他在每天迷夢中例定的功課之一。

他在半年以前，時常有種深深伏在心底的恐慌與憂慮，就是他最恐怕果然使得他的情感迫榨成了破碎的狀態的時候，那末他便對於「生存」二字上，有些保持不住了。在那一個時期中他深信他是中下了很厲害的神經病，他憂愁著自己的將來；憂愁著她的將來；憂愁著一個在街頭上冷檐下踡伏著的叫化子的明天的生活；憂愁著小小院落中的小松樹上的幼枝，會被如棉的雪花壓墜。聽見了夜中深巷裡賣燒餅人的喊賣的曼音，他就愁他在那樣的天氣裡，怎樣去一步一步地由一條大街挨到小胡同內，而心中還懸著已賣了幾個銅元的計算。有時他在遊戲場中看見披了朱紅色露出白狐毛的圍領的貴婦人，逗著如同向四下裡巡獲獵物般的眼光，他便猜想這是為的什麼？為求得何種慾望的滿足？為人生那一種生活條件的缺乏，以致有這等行徑？總之，他在不久的一個時期以前，他不會判斷，不能鑑別，不敢主張，對於他自己，對於與他最相親密的她，推而至於對於一切的一切，都是猜測、遲疑、不安與悵惘。其實他也沒曾真入了完全迷惘的途徑。在一時中清醒的時候，他忽然覺悟他的病根，已是很深了，恐怕終身成為一個神經錯亂者。由疑生怖，由怖生恨，於是他的腦神經，不斷地覺得痛楚昏亂，而對於所有的事，都似模模糊糊不大明了，只感到時常有使他入於迷境的暗霧，繞住他的左右前後。

不過他究竟是個富於幻想力的青年人，在他那一時一時接續的清醒的時候，他很知道常常這樣下去，距離到瘋人院的時期，必非長久。於是他用盡了無許的克己工夫；用盡了平生未曾對於任何事出過的毅力決然要脫離那個猜測、遲疑、不安與悵惘的境地；拚命地要擺脫開這些由思想中虛構成的境地，另外尋一個浮動與悲幻的生命的庇難所。這在他是自己知道的，費了多少時日，受了多少心靈的痛苦，才能夠由那些猜測、遲疑、不安與悵惘中，逃到埋頭讀書鎖心的界限裡。他自然不是期望著，能在書本中找出什麼發明來，創造成自己的學說來，或者借了讀書，去達到別的滿足人生的任何慾望之一的目的。他早已將這些事看得淡淡的，更何嘗有去加入競爭的意思。他不過要獲得一個能以忘掉了猜測、遲疑、不安與悵惘的法寶。使他那顆時時活動而易受外物震盪的心，牢牢地被這件法寶鎮壓得住罷了。他在未曾決定借讀理論深奧頭緒紛繁的經濟書以前，他曾不顧卹他人的指摘，不管良友的勸告，投身於精神學會中去研究怎樣能以使他的精神恢復十數歲時的狀況的方法。又借了幾個錢在精神療養院中去住過些日子。不錯，沒有許多的印象，能常常來擾亂他的貧弱而受有傷痕的腦神經，沒有事務的殷繁，來勞碌他的身體，而結果如何呢？他終不耐夜夜去孤獨地聽那院外的海潮打岸的聲音，他終不能每天安心靜氣地去看著日光由東壁上，移到窗外的樹枝上去。他又寂寞與孤苦的難過！他以為這種精神療養院的隔絕與強制的規律，幾乎比入地獄還要苦些。每天老是這樣，書也不許多看，步行不準過久，過了沒有一個月，他簡直覺得如同隔離了人世一百年的長久，後來就斷然地由院中出來。

及至看到街上車馬的紛馳，人間各種色相的呈露，於是他即刻便感得頭痛心慌了！

及至他費了千方百計，方能決定去埋頭讀書的時候，他自己非常喜悅！以為從此便是他的生命得到受洗禮與獲得新鮮的慰藉的機會了。以為照這樣下去，他也可以好歹地混過那些增人苦惱的流光了。果然他在試辦的初期，心尚拿得穩定，還如同小學生一樣地苦心研讀，不過可惜他已經不是小學生了。三天五天還能夠將書中的意義攔捉到幾點，還可以從極微細中，感到少許的興味，但那焉能持久呢？一過了三天，五天，他便變成以上的那般情狀。然而他卻不肯就此將書本子的生活丟開，其實他已經忘掉了他為什麼目的而苦心去讀書。他這時正在機械的時代，正在如同借了讀書以為掩飾他人的時代，而他卻不自覺，卻入了精神上的沉迷的陷阱。有時他自己如同分外增加自己的信心，計算著道：「我正在讀書，我正在努力滌磨以前苦痛的傷痕，與刻平煩惱的根株呢！我正自用心去在學術中尋找出真實的自我來呢！」然而他一看了書本，三行，五行，不到七八行的時間中，便入了舊跡沉思與迷亂的境地。一切的過去的傷痕，與苦惱的根株，不要說滌磨不去，剝除不淨，反而分外的使他沉迷煩擾！及至一定的鐘點到了！他畫了記號，推書而起，便覺得今天是未曾虛度哩。

在這樣迷幻的光景中，他已經讀完了幾本書了。從寒威猶重的初春，到這個景物淒清的秋日。

這天正是個秋雨初晴的日子，在上午以前，細雨瀟瀟地落著，直打著樓檐下用竹子編成的籬笆響著。本來一連幾天，忽而微晴，忽而密雨，分外使人感到淒涼的時候，令人難耐！更是孤客寂寥，在大的都會中單獨寓居於僻巷中小樓之上，哪裡能忍得去聽呢！然而他知道這又是個誘惑呵。他富於推想的記憶之中，受過這樣的引誘，也如同吸慣了菸草的人，不復知道有何等重要而且眩暈的刺激力了。反應常常是循著一定的軌道向前走去，到了某一種的時候，它自然會來引動他，正不必是在特異的時期與狀態裡。秋雨的音樂，最能使人迷想，使人感嘆，使人深沉地作往事留戀的感想，使人能更增加其夢幻生活的迷惑與愛慕。自然在淒淒的感懷中，也可以獲得相當的甜蜜的慰安，但要知道這正是痛苦中不得已的慰安呢！正如已經中了箭傷的小鹿，在森林中急急忙忙地跑著，偶然遇到一種甜草，借充一時飢餓，而箭傷卻還附著在它身上呢。他在這三四天的雨聲中，並沒曾覺到如七八年前一遇到這等天氣，或類此易於使自己沉迷的時令，便如同喝醉的人，難於把持得住似的厲害，他沒曾覺得對於他有何種重大的刺激與引誘，但是昏昏地，迷惘無力地懶惰，鬆散地悲戀，卻使得他沒有法子，並且沒有勇力去尋思。他本來要排除的，斥絕的，努力去健忘的，視為如同過眼的煙雲不值一顧，但那些事說也奇怪，總是如同深深鐫在他心版上似的，永遠脫不掉，他本不想，而且也不是真正按著條理去尋思那些事，而在這幾天之內，卻每每如有蠕動的爬行的小動物在他心上，——在他的心弦上慢慢地走過，使得他全身為之顫動！他並想不出這是種什麼感覺來。其實他一面還正在想著我是讀書呢，作事務呢，又想著我還是一個青年人呵。

但連朝輕細的雨聲，似乎在窗外時時發出嘲笑他的語聲來。

在這天他破例起身的很遲。其實他並未睡覺，他似乎已將這等幸福丟失了，十二三歲時，早了微冷些，便貪著在床上安睡的習慣，再不願起身去冒著霜風走不到半里路的路程，到小學校中去，累得母親來推他三五次，方才朦朧著眼睛，起身梳洗。那時母親又是哄，又是說的，自己還懶懶地不十分高興，如今他久已將這個幸福失卻了，早上哪裡曾等得人來喚醒一次，實在可有誰來喚醒他呢？不待到天色破曉，便大張開眼睛，往往日光還未曾出來，還未曾照到屋角上的時候，就起來胡亂盥漱過了，況且自從這半年中，他努力要自己刻苦忘我，便分外早起遲眠，想這或者也是個容易疲勞而減少煩慮的方法，他並沒有想到還有衛生的問題呢，但這個清秋細雨之晨，他為什麼將早起的慣例破壞了呢？他沒有安睡著，但一樣的他也是忘了，卻不是疲乏使他忘了。久已想隔絕，而時時卻來攻襲他的猜測、遲疑、不安與悵惘，又重行籠罩起他全體的精神來。實在在最近期中，不但這四種舊有的原素，是更行融合化成一篇，來在暗中包圍他，而更變成一種慢性的痴呆，來執著他，不過他自己何曾明白呵。

久久埋藏在心底的舊事，重行思起，無端緒的，無歸結的，無有解決方術的紛如亂絲的糾纏，理不清的，割不斷的，如絮絨的黏著，如流浪的波動，如灰色層雲的映射，如飛花吹在空中的飄蕩，一層一層，一句話的留下的餘痕，一個印象得來的影子，他不知怎樣去尋思，也不知怎樣去拋卻痛苦的輻射與淒涼的反顧。在這個蕭晨中，有滴瀝的雨聲和著，有黑暗中的靈魂附著，他並不感到如何有沉重的打擊，如何有不可遏抑的憤怒，但只是楞楞的眼光，看著帳頂，身子如同毫無氣力的動也不動。

這樣便過去了三點鐘工夫。及至他勉強起來的時候，早已比每天起身的時間晚了好多。他不懊悔，也不頹喪，匆匆地將寓主人——女房東給他預備好的熱水，慢慢地舀在盆裡，洗過面以後，向壁上掛的一方玻璃鏡子中，對看了看自己的面目。在他自己卻看不出有什麼與從前不同的地方，只是兩頰的皮膚，略陷落些，這也並不奇怪。他執著一個乾而柔軟的毛巾，在面上擦過幾次，又將眼睛揉了幾遍，也不知今天何以忽然這樣細心。及至轉身時，恰巧同西壁上在一幅疏林牧羊西洋畫下所掛的陳舊的像片，打了一個照面。自己眼中卻覺得有點暈痕了。原來那個陳舊不甚分明的像片，正是個十五歲的童子，穿了小花的縐袍，執了一把摺扇，獨立在假山石畔，雙分的髮下，顯出天真活潑的目光，與微笑的嘴唇來。他到這時，便突有一個新鮮而未曾思想過的話：「今吾真非故吾……呵！多少……」這句話在他腹中，哪裡來得及尋思好，便將其餘的觀念，全掩藏在「多少……」下面了。

這不過一瞥的時間罷了，如同大海中忽起一個微波一樣，而正在此時，門外吹過一陣颯颯的冷風來，雨勢也大了起來。雨腳被風吹斜，一個一個的雨點，都斜落在樓前東牆下已凋落的木芙蓉的碎葉上。

他想：這正是個危險的思慮，急待壓伏下去。讀書吧，工作吧，心終須鎖得住的。自己這樣不知克己下去，卻怎麼好呢？管它呢，我不是已經拋棄過一切的麼？這些思想在此時他真不是容易去尋思到。然而若使同時有別一個人在那裡想，這正是他被引動的時機呢。正是中了誘惑的初期的反應呢。然而他卻這樣想不呢？

可以使人一新感覺的陽光，固然已被暗澹灰色層雲掩蓋了，而由一分一分地移過的時間，卻哪能將人的心思誑騙得過去。他知道這時已快近十二點的正午了。他雖沒用過早餐，並不覺得腹中有對於食物需求的感覺。無意味地蕭索，看著細雨斜風，聽著階下的流波聚成小涔，汩汩地響。時候可以了，他便勉力地照平日用強制的方法養成的習慣，將書本在面前的綠絨花紋罩過的桌面上，齊整地打開。於是他以為這正是收視返聽的時間到了。

雨夕

每天雖不能了解書中意義，卻還可以一行一行地閱下，雖是腦中的幻想只管自在遊行著，今天卻不然了，只見在粗且厚的洋紙上面，有些花花綠綠的影子幌動，一個個的小洋文字母，都似瞇縫著眼睛向他冷笑，忽然他看t字會變成個長尾的小魚兒，在水中一起一沉，忽看見H的中間，如同燃燒著一枝祭神用的火炬，不但視覺是這樣恍惚，而且覺得鼻覺的變化，也與平常不同。一陣難聞的腥臭，而有奇癢的刺激性的氣味，直往他的鼻管裡刺入。他即時乾咳了幾聲，胃裡便真如有些惡物的，發酵，同時身上忽然起了陣冷戰的感覺，覺得全身的神經細梢，都在肌膚內互相爭打跳動，手上也顫動得壓不住紙角。突然一次涼風，由門外似是迸力的向他吹來，他在無意識狀態中，將那本打開沒有閱完一頁的書，拍的聲由案上推到地板上面。

然而他的心並沒有應許他這樣做。直坐在圈椅上，如同木人一般，有時呆呆地微笑，他看見一個一個的雨點，都似來送一種消息與他。

但雨點落在地上，滴答滴答，拍蹋拍蹋地響，在他一時的幻境中，他又似已經領悟到其中的意義，但他卻始終沒曾尋個端緒來。

他這時不但沒有自振的勇力，並且將縈回起來的悲懷的原因，也忘記了。只是恍恍惚惚如行在雲霧之中。

就是這樣的狀態，他呆注著門外，安坐在那裡不曾動得分毫，而門外的風雨聲，卻不斷地去引誘他，試探他。

不知怎樣能度過這一下午的光陰？他自由地思索，卻再不會聯接思想到一樁完全事的上面。他雖是目不轉睛地去看著門外的雨，卻沒有知道雨勢的大小，說他是昏睡了，卻也未曾，總之他在這一下午的心弦，似乎完全膠滯住了，已是將心中活動樂聲停止。

那本金字精裝價值很貴的經濟學書，還半斜地在地板上，也如他的神思專注一般的未曾挪動。

雨點仍然是滴打滴打，拍蹋拍蹋地響，有時急落了一陣，便似乎在門外正奏著露天的音樂會，然而據他聽來，卻不知是悲劇？還是喜劇？在迷幻中開場。

天快要黑下來，更加小樓低狹，雲陰沉重，室中一切的景象，都慢慢地模糊起來，這半日沉靜極了的生活，可說是寂滅的暫時，樓下偏院的女房東，因為自從早起除了午飯以外，作了有十小時的針工，倚在不甚明亮的窗前。黃昏近了，她的目光也隨之惝恍起來。「他今天不能回來的了，好在裁縫鋪中也可以有安歇的地方。阿貢上學校去，回來還不是淋得像水雞一般。然而也是應該回來的時候了。……」她當在神疲手倦的時間，這樣突起的尋思，於是將一綹素線，便落在毛氈上，從她的手中。她是個三十多歲的婦人，她的生性是平和而柔靜，雖是每天過著這樣刻板的生活——每天作一定的家庭的瑣務，及為人作針工的生活，然而絕不悲怨。丈夫雖是個縫衣的人，但他並不曾將應得的薪水，交付過與他的妻子。每天早上出門，晚上帶著微醺的酒氣回來。他與她沒有什麼樣很好的愛情，卻也沒有什麼爭鬥與憎惡。孩子已經九歲了，他也不知怎樣去教育他，全是她一個人託人為孩子找了個小學校進去讀書。他將妻子、孩子與這個簡單的家庭，完全視為一個夜中的旅舍。她所恃為生活之資的，就只有祖上留傳下來的院內的小樓房，與鄉間租與農家的一畝多薄田。好在丈夫是個不管不顧的人，她也只好給鄰人家作點針線，以為補助。所以她的客人——樓上的青年——雖是天天研究理論深奧的經濟學，卻不曾知道在樓下的她——他的女主人便是受經濟壓迫中的一個。這時她一面感覺到疲睏的攻擊，一面又記起孩子同男人來。手中的活計，不知不覺地便放下了。聽著門外的雨，還是淅淅瀝瀝不曾住下。一個人在寂寞的窗前，用手籠住額上一起捲攏上的頭髮，打了幾個呵欠，坐著，想著，且是等待著。

忽然一個奇異的尋思，將她喚起：樓上自從上午起便沒聽見有什麼動靜，每天天還不十分黑，那個人就到報館中去了，今天也或者由於雨大的緣故吧？本來這位奇怪的青年，寓居在她的樓上，不常言語，又沒有好多朋友來見他，已經惹起她的疑念不少。當他初搬進來的時候，她看是個青年人，不禁暗暗裡添上一分心事。可是他丈夫介紹來的，自己又不好說什麼，所以她心裡雖不高興，雖是多添上些暗暗的憂慮，也不便說出。及至住了一個月之後，她才知道那是個奇怪的青年，因此自己卻倒放心了許多，平常都是她為他預備些開水，以供他每天的需用，但她每天到樓上去一次，這個奇怪的人，不但輕易不同她說話，甚至連看也不看。她又暗暗地安慰了許多。一個常常在樓上悶讀他的書，一個在樓下偏室中淒淒冷冷地過她那為生活困鬥的生活。就是這樣，在這半年中，她對於他那奇異的行徑，也不覺詫異了。但是這天雖說是零零淅淅地落了一天雨，而終沒有見他下樓一次。每天差不多四點多鐘的時候，就見他穿了外衣，挾了皮包，到報館中去。今日看看要黑下來了，而寂寂的小院中，除了雨聲和著風聲以外，卻一點別的聲息也沒有。她自然並不是願意去多同這位奇異的青年談話，因為有時她記起自己的年數來，照習慣上說，還不是可以免卻嫌疑的時候，況且自己的丈夫，白天總不在家，自己越發要提防這種心靈上的忐忑——這種有時的忐忑，是被無邊的暗示積留下給與她的。不過到了這時，眼看得丈夫恐怕不能回來了，又記惦著阿貢被雨留在學校裡，種種微動而不安的心緒，已經使得她平穩的心中，有些躊躕！然而院裡已是黑影朦朧了，她在躊躕之中，因為同情的念慮，忽然抬頭由蒙了一層暗塵小玻璃窗中，看看樓上沒有燈火，又聽不見動靜，只有時落時止忽大忽小的雨聲，來破此沉寂。

驟然間一個慮念，她覺得身上顫抖起來！使她忽然將這個在暗中的事實尋思得很遠去了。她因這位奇異的青年，向來的性質與常人不同，看他冷冷的面目上，不曉得在內含的精神下，包藏了若干令人難於猜測的怪想，與不同平常的行徑。一天在樓上沒有動靜，而且已過了平日他往報館去的時間，這焉能不使得她驚疑，與有出乎意外的忖度。她在小小的室中暗影的窗前，恐怕的尋思著，有時簡直不敢向外仰視了。這時反將念阿貢留在學校內的思慮，被妄想的恐怖壓了下去。

果然靜了一會，仍然聽不見，看不見樓上有何等動作。

這時她被將來的責任心所迫逼，雖是恐怖也不能不勉強起來，從外間牆角上，取過把已破的油紙傘來，往外走去。當她剛剛將雨傘撐開一半，還沒來得及走出門限的時候，一陣冷風吹來，使她驟然打了個寒噤。

而她終不能不由窄窄的迴廊上走上樓梯，她踏著那木板吱吱響著，由一面看著樓前的天色，陰沉而晦暗，雨點還是斜著飄落。她在這時心似乎由腔子中提到喉嚨裡面，走一步覺得手裡顫顫地，幾乎連所執的油紙傘也拿不動。還有一步，沒有到樓的門口，突然聽著劃著火柴的聲音，忽地樓內火光一亮，她便吐了口氣，方能在門口立定。不過既已到了，勢不能不進去看看，況且妄想的恐怖在這一瞬中間，已可打消了。她的勇氣，也頓即恢復，只是心頭上卜卜地跳動，還不曾停止。

她剛走進門來，一個極可疑，與令人失笑的畫面，在她面前立刻呈現出來。就是小小的室中央，這位奇異的青年，坐在一把圈椅上面，正對著他案前一支洋燭，一本大冊的書，斜放在地板上面。他手內還執有一段已熄了火焰的火柴棒，兩眼直向火柴棒上看，不瞬目地凝看，他似乎沒曾知道有人推門進來。即是知道，也或者故意不理會吧。在這等情況之下，反使她困難起來。但只得說了一聲道：「陳先生還沒有吃晚飯嗎？」這句話的無聊，她自己也有些不好意思起來。

青年頓然看了一眼，半晌沒做聲，忽然將坐椅往後移了一步道：

「吃飯麼？……好做什麼事？……」少停了一句，又道：「想必你以此成為一個問題，……」

這句話他似乎還沒有說完，然而已把個女房東說得楞了。她想好好的個人，今天怎麼分外奇怪起來？什麼問題不問題呢？剛要退出房門，卻見他立了起來，從瘦陷的眼窩下，露出冷然而強笑的狀態說：

「妳沒有把我的東西給我呢！……哈哈！……我！果然就這樣麼？」他說著便從無神的眼中，流下幾點淚來。

本來要即刻轉身走出的她，忽然看見他那又痴狂又可笑的樣子，從他搬到這所院子中半年以來，她這回方才是第一次明白他，由她那簡單而富於同情心中，方才知道他是個什麼樣的人，這時雖然他說的話沒頭沒緒，而她不但不嫌惡他，反而動於一時的真實與悲切的感想，要想個方法來安慰這個旅居的孤客，使之明曉，將這等由失望與悲感中積成的神經錯亂減輕些。就當青年說完這幾句話的時候，這個思想就從柔弱的心裡，徑透到她的腦子中去，於是她反將破紙傘丟在門側，走進一步緩聲道：

「陳先生……我看你今天也過分的可憐了！為什麼事值得這個樣子？幸而……沒有被外人看見，……笑死！……還怕不將你送入瘋人院裡去呢。……」

青年一手扶了椅背，似乎不甚明白她的說話。

她便又懇切而悲慟地說：「自從你到這裡來，誰曉得你有這樣的病症。可憐哪！是誰教你有的？今天燈也未燃，書也似未讀，在這等淒淒切切的一日裡，我很替你傷心！所以才上樓來看你！……」

他到此刻，似乎方能明白過她這語中的意思，俯著首不做聲，她又續道：

「我知道一個人，更是一個青年人，在這等時候，容易發現舊病。但你要是這樣下去，難道，……你就不怕一個人遠遠地在外邊自己住著，……家中人的牽掛嗎？」她立在他的前面，說這幾句話時，也禁不住要流下淚來。他本來是一時的神經錯亂，到此時已明白過來。便將身子向後一倒，就在椅子背上嗚嗚咽咽地哭了起來。不意的驚詫，使得她也不知要怎麼辦好了！自知說話雖是切急，而不免魯莽。方想著要再說話時，卻聽見一種微切的聲音，由他的臂中發出道：

「是！……是！我知道有人牽掛呵！知道有人牽掛呵！豈還是一個人呢，但白……白地牽掛罷了呢！……難得妳將這句話提醒我。……」

他這時因她那副懇切的態度與熱心勸言，將他提醒了，將他由迷夢中喚回。本來這半年中強壓抑下的心情，強將迴蕩著憂思的熱腸，強投入冰冷的理智的窟中去。他自從孤身遠出，由萬分危難中，強將人生親愛的繩縛割斷，遠出之後，孤寂地居住在這裡。更沒有曾聽到有人向他曾說過這麼一句話。然在這一晚上風雨聲中，出其不意地聽到了，頓時不止是將他由神經錯亂中喚醒，而且將他那茫茫的感懷，與過去的痕影，全提上心來。他雖是平日素所寶貴的眼淚，到此時卻不能不由肚中反流出來了。

女房東呆呆地立在那裡，看他這一哭，與他在嗚咽聲中所說出的幾句話，因同情的嗚感，自己也一樣覺得隱隱潛伏的悲哀，有點支持不住！然而一面卻還是勸慰著他，他卻哭得不能起來。末後她又忘了什麼是嫌疑，慢慢地用手拍著他的背，如同拍著他的兒子在懷中睡眠一般的和愛。勸他不要這樣。正在這時忽然一陣急急而大聲拍門的聲音，從外面傳入。於是她嚇了一下，忽然舍了他，提了油紙傘走下樓去。

這一晚上萬萬想不到的是她的丈夫，會一路同了阿貢回到家中來。自然她是很可以放心得！不過比較著在悶悶地每日的生活裡，晚飯之後，洗碗箸，縫補孩子的衣服，收拾丈夫的臥具之外，卻平添了一重心事。自己也難解說是為的什麼，即或別人說了出來，她口裡與其純白的心靈上，也定不承認。丈夫自然還是噴著高粱酒的氣味，沒有多話可說，早早在破且舊的布帳子中鼾鼾地睡了。阿貢在對面小木榻上，也睡得正濃，時而從胖胖的小腮頰上，露出笑容來，一盞半明半暗的油燈，照著頂上已垂下一角的紙天棚，一陣陣的細風，搖動燈影，閃在垂下的紙角上亂動。她脫了外衣，睡在丈夫的外面，眼看著燈光，卻也不想吹滅。每天她忙碌一天來，到了這時，早也入夢了。可怪這一夕總是不能即刻睡著。那是常有的事，丈夫每每從口中將牙關咬的響，而且發出恨恨的聲音來，但在這時，偶然聽到丈夫的咬牙與夢裡的嘆聲，她就覺得彷彿有個人在身後推了她一把似的，於是蓋著薄薄的被子，分外覺得冷些。她起來給孩子又重行蓋上一件衣服，便回到床上，將燈吹熄，但那個圖畫，總似在眼前搖動。不單搖動，而且還引出自己十數年前的印片來，在久是安如止水的腦痕中。

夜已深了，雨聲還是沒曾住下。她翻來覆去總睡不著，一會兒側起耳朵來聽聽丈夫的動靜，彷彿自己心中的思想——無頭緒的思想，早已流入他的夢境中去的一般。而近幾年來，未曾感到的激刺，卻如同雨聲滴在秋樹葉上似的，大一陣，小一陣，起一陣又落一陣。

而同時正是那樓上的青年——新聞記者，由淚痕中清醒過來，淒淒地去讀那首小詞的時候。

一九二三年一月一日夕

寒會之後

寒會之後

寤君走在微雨溼後的街道上，覺得剛才在火光熊熊的室中的暖氣尚包住了全身，所以雖在半夜中的行路，卻沒有感到殘冬將盡的寒威；也許是借了幾杯白蘭地酒的溫力，使得身上的血脈非常興奮而周行迅速的緣故。他以為步行中有些別緻的趣味，所以一出了友人的大門，便不雇街車慢慢地走回家去。

「這實在是一場有趣的消寒會呀！鮮嫩的鴨湯，糖醋的鯉魚，淡黃……色的醇酒，飲在喉內又順利而又微帶點澀味，殷勤的僕人，不斷地向壁爐內多添煤火。朋非的談興實在生動而闊大，他的帶有滑稽的笑話，將四五個人的食量越發擴充開來，一碗碗的上等飯盡著添加，只是不夠吃的。……還有瑞明的狂歌，唱著《聞鈴》中的唐明皇，是何等慘惻而哀戀！……幸得有他的悲歌，方能將主人家的米飯多省卻幾碗。……呵，呵！我若請他們會餐時，這個方法倒不可不學個乖來呢。……」

他沒有大醉，他的飲量卻還過得去，但在明燈醇酒中的紛擾，也足以使他的平常約束力失了幾分的效率。他一邊走著，一邊向方才的片刻的過去有興味地回憶著，口舌中無意的微微合動，彷彿還嘗清肥鴨子湯的餘味。

街燈太少了，一條曲尺形的小街，看去只有這兩點朦朧的團光，又加上為雨後的溼氣所籠罩著，更看不出三尺以外的距離的事物。幸而街上靜悄悄地，包在深黑的夜幕裡，沒有什麼聲音來擾動他的快樂的簡短的回憶。

步履在無意中卻加急了，因為看不見星星的空中，又忽然灑落起雨點來。寒夜的尖風，從狹窄的街口逼過來，便覺得今夜的天氣要有點變化了。這時暖室中的種種印象，歡樂與飲啖的滋味，在他的思想中也漸漸地淡薄下來，而家庭中的燈光，卻似在身前引導著他迅速地歸去。

又一幕的未來的幻影影片，在他懵懂的心上開放了。他那位好穿淡綠衣服的妻子，正在窗下對了鏡子梳髮。多年相隨的僕婦，關於結髮的手術熟練而且精巧，每見一個新式的髻子，總想法搬運到她的頭上來。不過她卻不甚留心的。……哦！燈影從左邊照來，映著紅絲的燈罩，光線美麗而帶有溫暖的氣象，與玻璃鏡子的光互相映射著，能看得她的豐潤的面部，異常清顯。她不願意三天五天便將髻子的樣式換一個，因為這是與頭髮的保存很有關係的，自然是她的慣性；不願柔而細軟的黑髮，纏在梳子上或撂在地下的。她一面留心去指導著僕婦為她梳髮，一面時時回顧著床上睡熟的小孩子，他那雙好動的小手，雖在冷冷的夜裡，卻仍是伸在外面，幸而室中是溫暖的，她雖沒有強制他的本能的力量，但因此也似乎可以放心了。

她們在那間精雅而溫熱的室中，必是談著呢。她一手用細細的棉花塞在木梳的疏稿裡，預備去塞出發上的積垢；一面與僕婦慢慢談著：「幾點鐘了？」「今兒晚上冷得厲害呵！」或者是「玩也有個時候，老是沒早沒晚的。……」這一類的話。僕婦是個靈敏而最知道她的性情的婦人，便微笑著不答了。

四圍寂靜了起來，只可聽見火爐內的爆炭聲。

印象在過去的經驗的集合中引導得他急急地往前走去。雨勢卻更大了，忽然一陣街頭上的柝聲，把他驚醒，卻已立在鄰家的門檐下呢。

方才在寒雨的路中虛空的印象，到此已證實了。他脫去皮鞋，欹在一把軟皮椅子上，兩只模糊的眼光似閉非閉地向他妻注視著。妻呢，卻梳完頭多時了，並且已將小孩子的單襪洗好，一隻只掛在屋角的木架上，並且喊那位善於微笑的僕婦，另外泡了一壺濃濃的茶來。她以為他真是過於醉了，不大敢靠近他說話，只是由眼角邊向他作刺諷般的微笑。

寤君走了二三里長的街路，酒力的興奮，來到家中似乎全在她那諷刺般的眼角的微笑中消失了。用左手墊了腮頰，斜躺在椅子上也沒有說話。

她便開始同他說了些閒話，末後問起消寒會的情形來。他於是從椅子上下來，就在她身旁，將鴨湯與白蘭地酒的味道，如何可口的話，不住口地說了出來。她沒有聽完，卻撲嗤地笑了，便道：「就你們那幾個人嗎？為什麼他們不將他們的夫人帶去也一同快樂呢？」她說完笑著，仰看著他。

「是呀，他們都知道，卻是他們都齊聲說女人們到那裡只不過使大家多添些麻煩，並且人人便都拘束起來，沒得很痛快的談笑吃喝的趣味呢。……」他這時鄭重的答她的話。

她早已脫去了裙子，這時正用棕子縛成的苕帚，掃去長襪上的細塵，聽了他的話，並不抬頭，卻慢慢道地：

「我不會信帶了女人去赴會，會使得你們都不快樂。那末為什麼你們都要結婚呢？」

他不禁用手輕輕地向她肩上推了一把道：「你真會說！這是實在情形：女人們拘束而多心，新舊的女子同是一副面孔，有她們在坐，使大家快樂的興致減去了好多。只好……說些應酬話去照應呢。……」

他還沒說完，她將棕帚放在椅上，抬頭望了一望，卻摸摸自己的嘴唇，從一隻澄澈目光中，透出譏諷的笑來道：「哦！我的舌頭尚在口裡呢！虧得你們這些人人前一面說，人後一面說，……」

「怎麼是呢？」

「噯！你們是好講究社交呵，講究男女間要有相當的交際呵，女子不應當盡日在家庭呵，……卻不道你們專會在正面上說得好聽，做起事來卻又討厭女人們的拘束與多心。……」

他真的著急了，便挨近一步，——她並不避開，向她說：

「不是的，你錯會了我的意思了。我不是說一些女人們都是拘束多心的，總覺得在這等痛快的宴會裡，像妳們去並坐下待不多時，又是得記惦著孩子們冷呵熱呵，又不能吃酒呵，他們見了各人家的女眷，總得規規矩矩地連句笑話也說不出來，——自然是恐怕輕易得罪人，而且你們又不能多坐，臨走的時候，難道那些作丈夫的不伴送回去嗎？……那不過是一種應酬式的吃飯罷了，……實在沒有什麼。……」

「原來——」

他不等得她說出下面的幾個字來，即刻握住了她的一隻手，續說道：「妳……妳先不要說，不是，妳沒有聽明白呢。再一層就是那是男性揮發的場所，菸味的激刺，酒肉芬香的劇烈，妳們比較上在安靜家庭裡很安閒慣的人，到那種地方總感到紛亂而沒有趣味。再說吧，……再說吧，妳們這些人一去，我們總不能多吃酒了，吸香菸了，大家須要矜持些。言語呵，談到婦人的身上，尤須少說，或者謹慎地說，更不能帶出一點的嘲笑與滑稽的興味來。所以他們自從多日要集合朋友作一個痛痛快快的消寒會，計議著不要呆板，不要過於拘束，盡可隨意的樂一樂。本來這等聚會，也不是常有的事；他們都約著以為男子偶然浪漫地快樂，還不妨事，女人們一去，兩面總不合式。所以除了密司忒王，密司忒顧，沒有結婚的以外，一個人也沒有同了他夫人前去，正是為的這個原故。……」

他還想分外將這層盡力的擴充著說下去，但說到這裡似乎再沒得說了。少遲了一會，便道：「還有呢，總是為妳們多半不好向這等快樂有充分的傾向，……但妳知道我，……他們都如此說，我怎好一個人同妳去呢！」

她抿著嘴唇，一手攏起左頰上的鬆髮笑道：

「為什麼我們對於這等快樂不能有充分的傾向呢？」

他不意她還追問上這句話，本來沒有預備，便直率道地：「總是為得心太分了的緣故吧，我也不很明白。」

「醉話呢，強辭奪理地說……」

「不，」他說著一手握了妻的尖指，緊緊地不放，卻將身子斜靠在案上的絨桌幕上道：

「不，我沒有多吃酒呢。確實我也不十分明白，但我也認為這等過於煩亂的場所，你們去，就感到痛苦了。而且也不能呢。像密散司趙，她那兩個小孩子，總是她一個人料理著，你想——這正是譬喻呢。一位女人有了兩個小孩子，家裡又沒有好多人，她還能有多少工夫和快樂的心緒，到很快樂而自由談笑的消寒會中呢。……還有其他的，……」

她只是默然不語，雙頰上面湊成微笑的渦痕，看看床上睡的動也不動的小孩子，蓋在薄絨被下，如畫成的美麗圖畫一般的可愛。一面時時將她明亮的目光，望著挨近身邊的丈夫，似乎靜聽他的長篇大論的言語。不料窹君說到這裡，驟然停止，似乎再也沒得說了，似乎自己所說的話邏輯上一絲毫的露痕也沒有了。

她重複向他看了一眼，卻作出驚訝的態度來道：「原來，原來是這樣的。但你們這等集會，沒有一個女性不嫌太乾燥嗎？從前不是有人這樣說，凡一個團體裡，女性是不可缺少的嗎？」

這句話驟然將他提醒了微醺後的記憶，便不禁面部微紅了道：「忘了告訴妳！今晚上的消寒會，卻有一位密司吳呢。——她是體育學校的教員。但她為人是不拘執的，所以……」

她點頭微微道：「原是是位密司……密司吳呢！原來她是不拘執的呢！原來呵，原來如此，……」她故意地滑稽而且讚嘆般地重複述說，他卻更不好過了，頭也漸漸低下，幾乎可以吻著她的手腕了。

她卻慢慢道地：「這有什麼?像小孩子般的羞慚呢？不過資格的高下，在這裡顯然分出一點標準來罷了。『女人們總不相宜到這等場所。』『能以減少男性的快樂，』『拘執而多心，』『一個或者兩個小孩子的掛念，』『分心，』夠了沒有了，哦！是了，『體育學校的教員一位密司，』……」她再也不能往下說下去了，其他的話，已經在笑聲中噤了下去。

他本來有幾分醉意了，初時還勉強在那裡高興地談著，這時卻覺得一句話也不能多說了。只是將頭俯在臂上，一手熱熱地握住她的柔軟的指尖，彎著腰在案上裝睡。她更笑得立不住了，幾乎也要俯在案上。忽然聽得床上的孩子夢中喊媽媽的聲音，便止住笑，掙脫了在丈夫臂內的左手，上床去給小孩子乳吃去了。

半夜後的雨聲沒有了，北風吹得窗紙呼呼地響。寤君這時正被濃釅的酒力催移著到了另一個境界。他似乎遇到了許多幻想不到的事實，他似乎方才記得與幾個女子在月光如銀的草地上隨意地坐著飲茶，談話。談的是縹緲而不著跡象的事。那時月光分外清朗，淡青色的天空，如同罩了銀灰色的薄幕一樣。淡淡的星星，溶溶的天河，都在空中點綴出神奇的美麗。他又親切地看見由月光中飛出了一隻羽毛燦爛的錦雞，在草地上飛來飛去，一聲高吭的啼聲，頓然將月光掩卻。幾位談話的同伴都不知去向了，天空中驟然變為黑暗，而他顫慄地仰視著空中那些大大小小的群星，卻滿天跳舞起來。正如萬千個淡明的火光，由爐中爆出一樣。尤其是那顆多尾的彗星，如孔雀尾部的翠眼一般，在空中飛舞得令人眼倦。

正在這個奇幻的色彩裡，他忽然另覓到一個境界。還是在明月的夜午呢。潔淨幽雅的一所樓房中，房子的牆彷彿用雲母石砌成一般的柔滑。窗上白紗的帷簾，時時被清風搧動，將清輝飽滿的月光，由明潔的玻璃上透過。室中瓶花、絲毯，都似平生所沒曾見過的工致品。月光正在他身上蕩漾的時候，他方才覺得身旁邊還有美麗豐柔的女子很沉靜地睡著，正似在夏日的天氣裡，他臥在細紋的花簟上，覺得微微出了一些汗。不過由月光中看見這位自來沒曾見過心裡猜疑著說是位女神的女子，便覺得一切的煩熱都屏除了。不想過去，也不念及將來，正在神識安靜的時候，忽地由室外進來了一位長鬚拄杖的古神，顏色嚴厲而沉重，卻大聲叱喝著道：「這是什麼地方呀？哪裡容得你們來呢，……」還有好多的話，自然他也記不清楚了。這時那位女子早已由窗中躍出，他也被老人逼出室外，只看見月色如煉成的白霜著在地上，著在大葉的樹枝上。四圍沉寂，不知是在何等地方？他想跑走，但恐怕有什麼危險，便不禁地喊了出來。

一身汗由醉中醒來，覺得被子太多了。揭去一層，卻正觸著她的手臂。她還喃喃地笑道：「原來，……」

他這時聽著打窗的風聲，自己的餘醉也全醒了，嗅到身旁的她的柔髮上的香氣，便不禁向她耳畔吻了一下。低聲笑了。

一九二三年四月十日

技藝

春來了，人都歡喜在淩晨吸納著三月早上的清新空氣。可是日日紛忙的人，雖在紅日滿窗，並且覺得很為煩熱的時候，總捨不得即時推枕而起。倦懶的身體，懵騰的目光，不可接續，不能推尋的片段思想，如同有種魔力一般，使得他對於溫潤清柔的晨氣，不能完全消受。及至勉強披了衣服匆匆地盥洗完時，倦意固然退卻，而同時黎明時的幸福也享受不到。

這幾乎是一般青年普通所感受到的，而葆如也是其中的一個。

他自去年冬日在熊熊的火爐邊，與他同寓的同人，堅持著說：「冬將盡了。溫柔的春，轉瞬便啟開了她的美目。我們的新生機，又重新萌發了。『一年之計，』正是青年人努力的良時，如嬌花一般的放蕾，如春雷一般的初震。……自明年春起，我們須學學另作一個春之先驅者，晏起的習慣，於我們百無一利，而且在萬物沉醉的春日裡，它必展放開它的誘惑力來攻擊我們。『一年之計，一日之計。』我們的自勵，須從微細處做起。……第一種必要改革的，是春日的晏起。」那時他的同人都隨聲附和說春來的柔美，說晏起的惡習，甚至竟有位更聰明的人，預先規劃著他們在來年春日之晨零靈未乾時即起身，何時讀書，何時作事，說得大家都非常興奮，並且的確預備著待到春日來時，有無量的快樂的共同工作。他們覺得未來的希望的焰光，正如爐火正在旺盛地燃起。

果然春日到了，城外山凹的冬日積雪，在最高處也愈望愈淺淡了。黃鶯奏著初春之曲，向各處的城市，或安靜的鄉村及人家的園林中傳佈著春來的福音。於是一切覺醒了。柳葉兒耀著浮綠的煙紋，湖水上漲起淡藍色的晴波，大自然中平添了無數的景色。

葆如呢，自然更加多一歲了。他的心中盼望著春來比一切的人都急切而熱烈！他奮發的精神，無窮的希望，著作的興味，都似久蟄伏在土塊下的草根，只待春來便一齊怒發。不過時間是絕不會欺騙人的，春已來了，而且到處傳佈著她的使命——為的使一切都從沉沉的夢中覺醒。葆如的敏銳的感覺，自然覺到了。以為久蓄積在心中的精神、希望、興味，都可即刻實現了。但於此有一種最大的打擊，就是清晨的晏起。

晏起罷了，在常人原感不到什麼，何況他既非油鹽店內的小夥，更不是工廠裡的學徒，遲到了，晚起了，是要受叱責或扣薪水的。他是全可以自由的，雖因自己的事務，有時須早起一點，但這並不是天天必須如此，一星期只有一二日。而所謂為事務的早起，至早也還是八點鐘。其實在這時油鹽店中已吃過早餐了。居然由年年經驗中得來的結果，在這年的春日裡，他又證實了。蓄積久日的志力，卻仍不能將春倦的權威戰勝。他理想著春晨空氣的鮮潔，玫瑰花從粉萼上發出來的甜香，噪晨的雲雀的歌聲，以及不甚煩熱而溫和的初升起的日光，他羨慕著，真誠地羨慕著，不過睡神偏好在清晨來臨，使得他沒有爭鬥的能力。即使有時在床上醒來，心裡知道對於有前此的自誓之言，不能實踐是多末可恥的事！而一方面倦力卻仍是迷戀著他，引誘著他，不讓他早早的起身。及至勉強揭開被子，如覺悟般下床的時候，別的同伴早出去了，或正在讀書。有人對他笑了，彷彿譏嘲他，他自己也覺得沒有意思，便遲疑地答道：「看明天吧。……我不信究竟會不能。……」

其實呢，到了第二天，或者能早起三分鐘，有時還要晚些。

有一天正在黎明以後，太陽的淡色的金光，已籠在窗格上。街頭上已有了喊賣杏仁茶的聲音，從牆外傳來。葆如因連日賭氣不起，自己早起了一種微細的煩悶。因他素來主張青年人應該多受點嚴格訓練的，並且常以此勸戒他人，不知為了什麼在這個迷惘的春夢裡，自己的自治力卻早已降服了，而且由此受到他人的譏笑。他昨天下午在城南公園的蒼松的密陰下，又同兩位朋友談起，他便重複誓言，非將這個為自然所迫服的習慣逐出於他的身體之外不可。及至晚上次到寓所處理了些事務，正在閱書的時候，又將這個事記起。本來是極渺小沒有什麼值得多費思索的，然在他看來，這都是很重大而足以使之煩悶的問題。他常常羨慕著那些作大事業或真正研究學問的人，必先有克己的工夫，有犧牲一切利益的決心，因此他對於這一點晏起的習慣，不能改革，他對於他的前途，不能不感到無望了。然而同時他又受自己情感的支配，不願有任何外來的或強迫的勢力來阻礙他。小節罷了，——如同每餐多吃一碗米飯，或每天必吃一支香菸，同樣的絕無關係，……像這樣相反而又終不能自解的思想，常常使得他如墮入迷霧中，而找不到出路。他於是在推開窗子放進月光的地上，來回尋思，反而將方才所閱的書籍忘了。

直到破曉以後，他一夜的夢痕，幾乎被這等衝突的思想踏碎。實在呢，他躺在床上時，覺得身體柔軟地不能自舉，夢魂迷離著，而昨晚心口相商的問題，還在占據了他的全心。

正在朦朧的時候。忽然由外頭傳來了一種言語的聲音，是「……唔！腰板要挺直些，兩手臂兒便不會彎曲了，……你看……兩腳並起。自然會不吃力。……」說這些話的，明明是位五十餘歲的老人，語音尖爍而爽脆，純粹的京腔。同時又聽見一位女子的聲音。

「唉，唉！……累得要死！手臂兒真沒點勁兒，你慢慢的，……我這兩條腿真不聽吩咐。……」以後便聽見女子的笑聲，一聽這幾句片段的話，便知是位十八九歲沒曾受過教育的女子。接著以先說話的老人，嗓子更提高些道：

「你要練的！……像我，如今老了，……怎麼一個筋鬥，……看！還成呢。……一練好了，沒有不成的。在人前露臉的事，誰不是要吃點辛苦。」

「我真笨了！……可也沒有法子！」

於是談話的傳音，又突然停止，只聽見躍步在地上踏響的沉重的音，連續起來。葆如很奇怪！他知道前院是住著人家的女眷的，不過大清早起連那些讀書的學生們，還在高臥，她們卻在院子裡幹什麼呢？……可是體操也不必這樣勤苦，況且平日也沒見她們這樣辦過。但不是學習體操，又為什麼說些「手臂兒便不會彎起，……兩腳並起」的話？他正在閉目凝思著，忽然又聽得躍步的聲音停住，過了幾分鐘，如同用器械互相比量的撞打的聲。那位老人的語聲又道：

「這個刀柄怎麼拿，……靠下些，……來！招呼！……快接！咦！又錯了。旋三個腰花，低頭，……彎腰，將刀柄從左肩兒順下。……對！……對！有些意思。」

而又一位中年男子的語音道：「我一學就會，這也並不是人人不能學的事。來！……接！用刀柄，照所說的轉花要緊。……姿勢不要拿不住！……向後退，……退，……嘛！有些意思。……」

接著一陣器械互相擊打的尾音過後，有一個人喊出一個「好」字來。

葆如這時已經將迷懵的目光啟開，心裡疑惑著不曉得是什麼事。他總想有人在外院教給那兩個市政公所及司法部的科員的姨太太們器械操，但因聽不十分清楚，從前又沒想到她們那樣穿高底皮鞋，披大紅斗篷的女子，還能早起練習這個，他於是不能再恍惚地臥著不動，一手穿上衣袖，下床趿了拖鞋，匆匆地想先去看看。不料及至開門出來的時候，就接上聽見外院有休息的喊聲，於是以前的聲音，全都止住。恰好僕役領進一位朋友來，是找他來談一樁學術講演會的事。他忙亂地洗過面，兩個人高興地談起來，不久他又出去到一個學校中找人，於是在春倦的枕上聽到而不明了的事暫且忘掉了。

這一日裡他恰好一天都沒有在寓所內，不過當在下午時同了朋友們在音樂共進會中聽到凡奧林粗亂的聲音時，在迅忽的一時裡，他曾回憶到清晨所聽到而不曾明白的事。然而即刻有幽雅低沉的古琴音，與梅花三弄的複音的調子，又將他思想的注意力移去了。

仍然是在如常的第二天的清晨。他本來在昨天有長時間的出遊，與黃昏時的飽餐，晚上次來，脫衣便睡。一切的事，都忘記了。不過在中夜以後，由夢境中醒來，他突然又將昨晨所聽到的事記起。於是決定要早起看看，不過又恐怕今天人家未必還那末一定去練習。……後來正在籌思著卻又被夢境引到黑暗中去了。所以直至這日的清晨，他覺得身下有人催迫他似的，努力著想打退睡魔，跳下床來。其實他這時對於惡習慣的改革，與恢復勇力，免得朋友嘲笑的這些思想，可說是完全沒有一點兒的痕跡，只是要親眼看見昨日沒得看見知曉而幾乎被忘掉的疑團。他開始先將頭部離枕抬起，預備著聽聽外院的動靜，但沒有一點聲音，只是有照例晨喧的雀兒，彷彿在檐頭上吱啁地叫著。他覺得有點失望，同時頭腦昏昏地，又與潔白的枕布相貼合住。忽然他將左臂一伸，表示掙扎與奮起的時候；而外院裡聽見有人緩步的微聲。他蹙蹙眉頭，雙臂高舉，呵欠一聲，覺得全身筋肉都似增長了若干。一邊取過床頭上的手錶，看短針卻正指在六點四十分呢。他終於為希望與好奇的心支配著，揉著眼睛，如坐不穩似的披衣而起，不過他還不肯立時穿了褲襪下床，卻直對著細紗帳外的一幅西畫——畫上有一片叢林，兩個女孩在林中拾取橡實——出神。不知所可地坐了又有五分鐘的工夫，便聽見外院的木杖相觸打得繁音又響起來。老人的教授聲，女子的笑聲，也同時如昨晨一樣的傳來。他這時沒有遲疑的餘時，便推開被子，如同有非常快樂的事似地跳下床來。

到這時他才有七八分的明了，知道在沒有親眼看見以前的忖度，完全與事實相去太遠。原來他所聽見的老人與女子，一個正在教授，一個正在比量身段與矯正姿勢的練習的，是舊戲場上的把式，與弄刀接槍，以及騰身打筋鬥的方法呢。那位面熟的女子，卻也並不是那兩位穿的很闊綽而好戴新式眼鏡及僱有女僕的科員們的姨太太，而是住在東院一間小屋子中那位在遊園拉胡琴的張師傅的小妻。因為什麼他有這兩個字——小妻——的觀念呢？因他有時在寓所內遇到這位新來的女子——他去年沒有見過，看她穿得雖樸素，不過有時打著鬆鬆的髮辮，有時又亂挽著時行的髻子，說話時很粗爽，因此倒動了他的疑問。問及同寓的友人，方曉得她是去年年底那位住在東偏小屋子中禿了前額的張師傅新娶的妻子。張師傅本來尚不過三十七八歲，因為看去那位女子總像個好遊玩的小孩子，所以每每遇到她，葆如總想起是張師傅的小妻。

一天一夜貯藏在胸中的疑團，他這回一齊打破。他立在外院的門口，看他們在小小的荷池邊，正訓練得熱鬧。地上鋪了一床粗布褥子，卻還沒有用到。那位約有十九或二十歲的女子，將短短的髮辮含在口裡，穿了對襟小衣，正自學著玩弄接刀的方法。裹了銀色刀頭的木裝假刀，在她手內，舞得團旋飛轉，忽而一手轉來，全憑仗幾個指尖的靈巧，將刀柄與刀頭如車輪似的轉花。在葆如看來，已經讚嘆她的工夫的純熟，並且想一兩天的光景就能有這等成績，他一面看了，一面自己由比較上而生了自己是笨才的感嘆！老人卻也奇怪，頭頂上還將餘髮攀成小結，面色枯黃，但一看就知道是很便捷的。有時她舞得不對，他便從容地將刀取過來，舞成一個可作標榜的式樣給她看。又時而說：「中指須斜彎些，……快向左偏，頭轉得快，不要丟了刀。……腳步要穩重，……拿得住，方得點勁兒。……」這一類的話。那位禿了前額上的髮的張師傅，在一邊拖了鞋子，吃著香菸，從旁邊看著。有時因為練習三人對打，他也丟著木鐧幫忙。女子練習一會，執著器械休息一會，便用懷中的手帕拭汗。看去似乎臉也沒有洗過。為三個人踏起的細塵，沾到她面上，便看出比平日黑些。那位教授的老人，用細皮帶堅堅地束住腰，時時地對他們說這些本事練習時應注意的地方。

葆如忘記了自己也未曾洗臉，呆呆地立在門首看得有趣。少停了一會，在三個人對打之後，女子已是有點氣喘了，到她的屋子裡去了一趟，便又學習起練拳腳及屈伏倒立身體的事。這時葆如方才解地上鋪的粗布褥子有何用處。女子在褥上用兩手挺住，試了幾試，便將身子倒豎起。這時她的面部全發紅了，那自然是血管倒流所致，沒有梳理過的髮辮，盤垂下來，腹部向外面凸著，只是她的兩腿，尚不能壁直豎起。老人一面用兩手將她那反持的雙足扶住；一面卻又極詳細地教與她用力的方法。叫她不要將臂上的全力鬆懈。這樣過了有五六分鐘的工夫，女子重複立起，微喘著道：

「老是不成！……可怎麼好！別看年輕的人兒，還不如你，……還不如老頭子呢。」

老人暫不言語，忽地撲到布褥上，將身子同樣的倒立著，不但姿勢比女子自然，而且他確然將疲疲的兩腿挺直，兩足可以自由運動，而且他還可以用一臂支持著全身倒置的重量，將兩隻手在空中揮舞。過了一會，起來笑著對他們說：「你看怎麼樣？」

葆如更看呆了，沒料定乾瘦如沒有一絲力氣的老人，還能有這等出奇的本領。老人這時方慢慢道地：

「你瞧著，……這也不是容易事呵！不要說這樣年紀。」他說時對著那位女子：「就說吧，從十來歲下手學起，筋骨兒還柔軟些，身體還輕便些，少說也還得練個三年，兩年——自然是天天上功課，到了時候，還不定能有出息沒有。我……經我手教過多少小孩子，現在呢，少有點名兒拿到幾個錢的，也不是沒有。……張師傅，你應該知道，幾個像她們？……實在說呢，唱呵把式呵，都也不比人怎麼好的了不得。臉盤兒長得好看些，再加上有人替她鼓吹，於是便成了闊角。……張師傅，現今的事，哪一行都是一個規矩。沒有本領，實在沒有地方找飯吃。有本領呢——止有本領還不成。論起來這點玩意兒算甚麼，可也不是三天五天，一月兩月學得成，練得好的。唱得漂亮，舞得起勁，在我們吃這行飯的人說來，總得算是種『技藝』。若切實講究起來，你不要管它打不得架，刺不得人，然而手疾眼快，心靈，身體兒俏皮，這都是不能少的。容易嗎？……在現今實在也難得很呢！……」他說著彷彿動了無窮的感慨似的，至此便不再說了。用力咳嗽了幾聲。接著那位張師傅將香菸從蜜蠟的菸管中吹去。點點頭道：

「是啦！……容易，誰還能坐汽車一月拿到幾千元的包銀呢！『技藝』固然不能不學得好些，又何嘗都在這上邊。譬如我在遊園給那位轟動一時的……拉胡琴，我可不能不說是深知了。……總之：我所以要她學點『技藝』，一來為了她小時候也還習過，上過臺給人家當過配角；再則吧，你看她這麼大了，不會過日子，又不會做件衣服，我在京城裡混混著過，她到我們那鄉下的家中，成嗎？……實在也沒有法子！……吃點辛苦也說不了！……」他說到後來的幾句，語音就有些沉重了。

因談話的空閒，那位女子卻已將器械拾過一邊，坐在石上默然無語。日光射在她的臉上，極清顯的，她的目下有了青色的暈痕。這時她便低著頭道：「誰不願意學好！我也瞧著人家坐馬車穿綢緞的生羨慕呢！人是一樣的，說什麼？『技藝』是盡著練，但碰運氣吧！……」她說到這裡，有點淒咽的意思了。忽而一個寓中的僕役，提了白水壺走過，便喊道：

「好呵……又練了半天了，我瞧只怕有心人，張先生，將來正是闊的時候哩。……」

他們都笑了。而坐在石上的女子，卻用汙穢的手帕遮了臉，走到屋子裡去。

這似乎是練習的時間已經過去了。

這一天葆如沒有出去，心裡悶悶地覺得極為無聊！雖然當他同寓的友人起來時，都驚訝著他何以破例醒得這麼早，他也不甚留意。早上飯也沒有好好用，過午以後，睡了一會，便起來讀他照例研究的哲學名著。將原文的《人生之意義與其價值》的下半部看了幾十頁，覺得有點頭痛。——自然這並不是因為德文深奧的原故，他早已對於這部書的題材，起了疑念。他向來不知由人生中得來的意義與價值，是個什麼本體？有什麼作用與效果？不過他因為要研究現代哲學家的學說，不能不看過罷了。他這時更覺得那些精神生活，及靈肉調和的抽象的名詞，總不過只是抽象的名詞罷了。他立在他那所小院子裡，對著方抽出嫩芽來的曼陀羅花，凝視了半晌，便回到屋子裡，換了一件夾服，悃悃地到別處去了。

及至晚飯以後回來的時候，在車子上便記起一件事，須急急打個電話與一位友人說知，於是回到寓所，便先到帳房內的電話處。可巧有人正在說著話，他就立著少待一會。當他初入門時，並沒有留心看看屋子裡有幾個人。及至這時，他方看見在早上所看見習技藝的那位女子，另穿了一件比較乾淨的布服，在那裡同著有斑白色下鬍的寓主人說話。他在一邊，只聽到幾句，是那位女子說的話。

「……人都是有命運的！如你剛才所說的，那位太太，……那能行？忽然嫁了；忽然又離婚，何必呢，那人家可不讓！什麼事都是先定！吃好飯，或者討飯吃，又誰能料定。你看伍太太，同那位……太太，穿的也好，又有人用著，出去的時候，不用包車，就是馬車，誰教人家有錢來！……我呢！還得清早起就學著這個，那個，身子一天累得要死！還得做飯買東西，晚上又不能早早安歇，也不過為的練點技藝好吃飯就是了！……焉敢比著人家睡到十點，十一點，其實誰還不願意？可是命中一定的事！……哼！……憑你辦吧！」她說了這後話，便長吁了一口氣。那位寓主人捻著鬍子道：

「半句話也不錯，可不是，……人就是這樣，……練這點技藝，好了，你也就好了。……」

女子用一手托住腮，並不答言，而眉尖卻緊蹙著。

這時一位僕人卻過來向葆如道：「請打電話吧，那位走了。」

第二天，第三天，以及這一春中的以後的每天清晨，為惡習慣——晏起，久已束縛住的葆如，他卻從這一日後，將這個習慣改了過來。每到朝光上窗，或聽見檐雀喧啁的時候，便不用人催，他就早早地起身，雖是他也沒再去看那位女子作技藝的練習。

同住的人們都很驚奇，說他真是個有勇力、而能言能行的人，他只是默然不答。

一九二三年五月一日

電子書購買

爽讀 APP

國家圖書館出版品預行編目資料

春雨之夜：燈影被窗隙的微風拂著，只在白紗幃上一來一往地顫動 / 王統照 著 . -- 第一版 . -- 臺北市：崧燁文化事業有限公司 , 2023.09
面；　公分
POD 版
ISBN 978-626-357-549-3(平裝)
857.63　　112012138

春雨之夜：燈影被窗隙的微風拂著，只在白紗幃上一來一往地顫動

臉書

作　　者：王統照
發 行 人：黃振庭
出 版 者：崧燁文化事業有限公司
發 行 者：崧燁文化事業有限公司
E-mail：sonbookservice@gmail.com
粉 絲 頁：https://www.facebook.com/sonbookss/
網　　址：https://sonbook.net/
地　　址：台北市中正區重慶南路一段六十一號八樓 815 室
Rm. 815, 8F., No.61, Sec. 1, Chongqing S. Rd., Zhongzheng Dist., Taipei City 100, Taiwan
電　　話：(02) 2370-3310　　　傳　　真：(02) 2388-1990
印　　刷：京峯數位服務有限公司
律師顧問：廣華律師事務所 張珮琦律師

定　　價：330 元
發行日期：2023 年 09 月第一版
◎本書以 POD 印製
Design Assets from Freepik.com